DU MÊME AUTEUR

SONATES DE BAR, nouvelles, Seghers, 1991 ; rééd. Le Castor Astral, 2001.

LE VOLEUR DE NOSTALGIE, roman, Seghers, 1992 ; rééd. Le Castor Astral, 2005.

L'ORAGE EN AOÛT, nouvelle, La Lettre volée, 1995.

DE SINCERITA WITH LAS MUJERES, dialogue, Plurielle, 1996.

LES AMNÉSIQUES N'ONT RIEN VÉCU D'INOUBLIABLE, pensées, Le Castor Astral, 1997.

LA DISPARITION DE PEREK, roman noir, « Le Poulpe », Baleine, 1997 ; Folio, 2022.

INUKSHUK, L'HOMME DEBOUT, roman, Le Castor Astral, 1999 ; Folio, 2023.

QUELQUES MOUSQUETAIRES, nouvelles, Le Castor Astral, 1999.

ENCYCLOPÆDIA INUTILIS, nouvelles, Le Castor Astral, 2002.

GUERRE ET PLAIES, billets, illustrations de Xavier Gorce, Eden Production, 2003.

CITÉS DE MÉMOIRE, récit, illustrations de Xavier Gorce, Berg International, 2004.

JOCONDE SUR VOTRE INDULGENCE, points de vue, Le Castor Astral, 2004.

LA CHAPELLE SEXTINE, roman circulaire, L'Estuaire, 2005 ; Le Castor Astral, 2015.

ESTHÉTIQUE DE L'OULIPO, essai, Le Castor Astral, 2006.

JE M'ATTACHE TRÈS FACILEMENT, roman, Mille et une nuits, 2007 (Prix du roman d'amour).

LES OPOSSUMS CÉLÈBRES, fables, illustrations de Xavier Gorce, Le Castor Astral, 2007.

ZINDIEN, suivi de MARABOULIPIEN, poésie, Syllepse, 2001 ; rééd. Le Castor Astral, 2009.

ASSEZ PARLÉ D'AMOUR, roman, JC Lattès, 2009 ; Le Livre de Poche, 2010.

L'HERBIER DES VILLES, collages et haïkus, Textuel, 2010.

Suite des œuvres d'Hervé Le Tellier en fin de volume

LE NOM SUR LE MUR

HERVÉ LE TELLIER

LE NOM
SUR LE MUR

nrf

GALLIMARD

Il a été tiré de l'édition originale de cet ouvrage
cinquante exemplaires sur vélin rivoli des papeteries Arjowiggins
numérotés de 1 *à* 50.

Lorsque les méchants s'associent, les bons doivent s'associer, sinon ils tomberont, un par un, comme un sacrifice impitoyable dans une lutte méprisable.

EDMUND BURKE,
Réflexions sur la cause
des mécontentements actuels

Il se peut que les révolutions soient l'acte par lequel l'humanité qui voyage dans le train [de l'Histoire] tire le frein d'urgence.

WALTER BENJAMIN,
note préparatoire aux *Thèses*
«*Sur le concept d'histoire*»

LA MAISON NATALE

Je cherchais une «maison natale». J'avais expliqué à l'agent immobilier: pas une villa de vacances, pas une ruine «à rénover», pas une «maison d'architecte», pas un «bien atypique», ces bergeries ou magnaneries transformées en habitations où l'on se cogne dans les chambranles de portes à hauteur de brebis.

Non, je voulais une maison où j'aurais pu m'inventer des racines, et aussi une maison dans un village vivant, où l'on fait ses courses à l'épicerie et boit l'apéro au café, dans cette Drôme provençale où j'avais des amis, depuis longtemps. Alors, j'ai visité cet ancien relais de poste, fait quelques pas dans le petit jardin potager à l'arrière, avec sa perspective sur les pics de Miélandre et du Grand Ruy, j'ai gravi l'escalier de pierre qui desservait les chambres et un grenier poussiéreux. Bien sûr, j'avais trouvé, c'était elle, ma maison natale. Une bâtisse de deux étages, solide, vieille de deux siècles, aux murs épais, au cœur du hameau de La Paillette, à Montjoux, tout près de Dieulefit.

Tina, la propriétaire, était céramiste. Elle était aussi allemande. Elle avait vécu là près de deux décennies, jusqu'à ce qu'elle estime, à soixante-cinq ans, que le métier exigeait trop de ses muscles et de son dos et qu'il était temps pour elle d'aller peindre des aquarelles à Granville. Son travail sur la matière évoquait un Nicolas de Staël amateur d'émail, et sur la façade côté rue, des plaques de céramique vernissées, vissées à hauteur d'homme, couvraient une bande horizontale. À son départ, elle les avait toutes emportées sauf une. C'était son cadeau et sa trace, que je lui ai promis de préserver.

Lorsque la dernière plaque, la plus à droite, a été retirée, un nom est apparu, gravé à la pointe en lettres majuscules dans le crépi grège : ANDRÉ CHAIX. Le R d'André, à mieux regarder, est une grande minuscule. Lorsque l'on déjeune dans cette cour, au frais, à l'ombre du grand platane, on distingue à peine les lettres. Je doute que le crépi, qui s'est ici et là détaché de la pierre, ait été repris jamais. Je me suis habitué à ce nom sur le mur, et j'ai fini par l'oublier.

Je connais quelques Chaix. Marie Chaix, surtout, la romancière et traductrice : Marie fut la compagne de Harry, Harry Mathews, l'écrivain oulipien, le grand ami de Perec. Mais Chaix est le nom de son premier mari Jean-François, originaire de Savoie, qu'elle a gardé comme patronyme. Elle a refusé, tout comme sa sœur aînée Anne Sylvestre, de porter celui de son père Albert Beugras. Beugras, le bras droit de

Doriot, qui avait fui en Allemagne à la fin de la guerre, qui avait été fait prisonnier par les Américains et que leurs services secrets avaient protégé. Lorsqu'ils avaient enfin accepté de le livrer à la justice française, Beugras avait échappé de peu à la peine de mort. Tout cela, Marie le raconte dans son roman *Les Lauriers du lac de Constance*, sous-titré *Chronique d'une collaboration*. C'est une digression, la première de nombreuses, mais elle prendra bientôt son sens.

Nous étions début mars 2020. Avec quelques amis, nous avions organisé une résidence d'écriture à La Paillette quand la menace d'un confinement s'est précisée. Nous avons décidé de ne retourner ni à Paris pour certains, ni à Nantes pour d'autres, mais de poursuivre ici nos travaux. Les épreuves de *L'Anomalie* m'arrivaient par coursier masqué, les réunions virtuelles se multipliaient, on inventait le mot « présentiel » et tout le monde se fabriquait des masques en tissu. À quoi bon rentrer ?

Sur la petite place du village, à côté de la boulangerie et à quelques mètres de chez moi, il y a un monument « à la mémoire des enfants de Montjoux morts pour la France ». Les guerres sont loin, ces morts sont oubliés et en ces matins de l'étrange printemps 2020 où la pandémie avait suspendu le temps, j'ai dû passer devant vingt fois, chargé de pain et de croissants, indifférent et pressé. Un jour de mai, je crois, un nom a accroché mon regard : CHAIX ANDRÉ (mai 1924 - août 1944). Les dates disaient tout :

Chaix était un résistant, un maquisard sans doute, un jeune homme à la vie brève comme il y en eut beaucoup.

Je ne savais rien de lui, et plusieurs mois ont passé sans que je l'envisage comme sujet d'un livre possible. J'ai posé des questions, j'ai recueilli des fragments d'une mémoire collective, j'ai un peu appris qui il était. Dans cette enquête, beaucoup m'a été donné par chance, presque par miracle, et j'ai vite su que j'aimerais raconter André Chaix. Sans doute, toutes les vies sont romanesques. Certaines plus que d'autres.

Dans les *Lettres à Lucilius* qui disent l'essence du stoïcisme, Sénèque parle d'un homme qui se trouve au chevet d'un malade. Est-ce son ami qui veut être là dans ses derniers moments, ou bien un vautour qui convoite l'héritage? «Le même acte est honteux et honorable», répond Sénèque. Seule l'intention compte. Je me suis interrogé sur la mienne. Je ne suis pas l'ami d'André Chaix, et aurais-je d'ailleurs su l'être, moi que presque rien ne relie à lui?

Juste un nom sur le mur.

En laissant tomber cette courte phrase à la ligne, je me sens mal à l'aise. L'alinéa est toujours une décision littéraire, elle est parfois esthétisante, et je crains soudain l'insincérité derrière l'effet de style, quand le meilleur style doit se faire oublier. Pardonnez-moi par avance s'il m'échappe une phrase trop grosse, une tournure indécente, affectée, une métaphore s'échouant dans le lyrisme ou la grandiloquence. J'ai essayé de ne pas, même si j'ai parfois eu envie de.

Je n'ai pas écrit un «roman», le «roman d'André». Je ne me suis pas adressé à lui comme s'il vivait, je ne l'ai pas tutoyé au fil du livre comme si c'était un ami. L'exercice aurait été artificiel, l'artifice aurait été indécent. Parfois, c'est vrai, je laisse l'imagination parler, mais il m'aurait paru obscène d'inventer, et j'ai préféré voyager dans cette époque que je n'ai pas connue, mais qui m'a constitué. J'ai désiré vous y emmener, partager avec vous ce que j'ai appris en écrivant. J'ai aussi voulu que le livre contienne des images, des photographies, afin qu'André, son amie Simone et quelques autres aient un visage et un corps pour vous puisqu'ils en ont pour moi. Des cartes postales, des affiches, pour rendre les lieux et l'époque. Si j'avais un enregistrement d'André, je le donnerais à entendre.

Je ne suis pas non plus historien et pourtant l'Histoire est forcément là, puisque André en fut à la fois acteur, héros et victime. Je n'ai pas écrit une thèse, je ne me suis pas plongé dans des archives secrètes, et je remercie tous ceux et toutes celles qui m'ont aidé à trouver des réponses à des questions parfois naïves. J'ai ici et là redit avec mes propres mots ce que j'ai lu dans des livres et des journaux, entendu dans des reportages radiophoniques, vu dans des documentaires. Je cite peut-être trop souvent, mais c'est pour m'approprier, ou ne pas paraphraser, ce qui a été fort bien formulé par d'autres.

Pardonnez-moi aussi les quelques erreurs, car bien sûr il y en a : parfois les mémoires vacillaient, les récits se contredisaient. Croyez-moi malgré tout, j'ai essayé de ne pas tricher.

L'année 2024 est celle du centenaire de la naissance d'André Chaix, et quatre-vingts années ont passé depuis sa mort. Mais à regarder le monde tel qu'il va, je ne doute pas qu'il faille toujours parler de l'Occupation, de la collaboration et du fascisme, du racisme et du rejet de l'autre jusqu'à sa destruction. Alors, je n'ai pas voulu que ce livre évite le monstre contre lequel André Chaix s'est battu, ne donne pas la parole aux idéaux pour lesquels il est mort et ne questionne pas notre nature profonde, notre désir d'appartenir à plus grand que nous, qui conduit au meilleur et au pire.

Je n'écrirai pas que ce texte était une « évidence », une « obligation », ou une « obsession ». À son ami Oskar Pollak, Franz Kafka dit qu'« un livre doit être la hache qui brise la mer gelée en nous ». Il parle de lectures, plus que d'écriture. Disons que pour moi, parler avec simplicité d'André Chaix est devenu nécessaire.

Je n'arrive pas à penser la mort, ma mort, à l'apprivoiser, à donner enfin un sens à une vie qui n'en a pas. J'ai dû espérer qu'un livre respectueux, honnête et pudique sur ce jeune homme et ce que je crois savoir de lui comme de moi serait une borne sur ce chemin.

ANDrE
CHAiX

CARTE D'IDENTITÉ
Nom Chaix
Prénoms André
Fils de Chaix Jean
et de Sourbier Marcelle
Profession apprenti
Nationalité français
Né le 23 mai 1924
à Montmeyran
Département Drôme
Domicile Monjoux
TIMBRE FISCAL
13 FRANCS
SIGNALEMENT
DA
1,20 FRANC
TIMBRE FISCAL
40c
40c

ANDRÉ CHAIX

Les auteurs de jadis commençaient sereinement leurs histoires à la naissance du héros. Ce procédé en vaut beaucoup d'autres, aujourd'hui de grand usage. Pourtant, c'est par sa mort que l'on commencera, puisque c'est elle qui donne naissance à ce livre.

ANDRÉ PAUL CHAIX
Mort pour la France le 23-08-1944 (Dieulefit, 26
- Drôme, France)
Statut: militaire; Unité: Forces françaises de
l'intérieur (FFI);
Né(e) le/en 23-05-1924 à La Paillette Montjoux (26
- Drôme, France)
20 ans, 2 mois et 30 jours
Source: Service historique de la Défense, Caen
Cote: AC 21 P 41118

Cette cote AC 21 P correspond aux dossiers individuels des déportés et internés résistants de la Seconde

Guerre mondiale. On y trouve 55788 dossiers. André Chaix est l'un des 13679 FFI (Forces françaises de l'intérieur) tués au cours de la guerre. Les deux tiers sont tombés entre juin et septembre 1944.

Une plaque, apposée à Grignan, au chemin des Lièvres, en raconte un peu plus :

> Ici, à Grignan, le 22 août 1944, un détachement FTP du 3ème bataillon Morvan se dirigeant sur Montélimar s'est heurté à une colonne de chars allemands. Au cours de cet engagement, sept jeunes combattants furent tués. Les combats de Nyons et de Grignan furent cités à l'ordre de l'armée.
>
> Vous qui passez souvenez vous.

Un ami a pris la photographie pour moi. Yves habite tout à côté du chemin des Lièvres, et il n'y a jamais prêté attention. La plaque, enfin disons cette plaque, ne dit pas le nom des résistants. On ne peut pas tout écrire sur une plaque, c'est vrai. Ils s'appellent Jean Barsamian, Aimé Benoît, André Chaix, Gabriel Deudier, Jean Gentili et Robert Monnier. Des civils sont également tués : Paul Martin et Raoul Dydier. André est un combattant parmi d'autres, un « anonyme » comme on dit parfois, mais pas un « sans nom », puisqu'on le retrouve à La Paillette gravé dans le marbre d'un monument.

Les archives de la Drôme nous enseignent que son père Jean Chaix est né en 1900, à Vesc, un village à quelques kilomètres au nord de La Paillette, et sa mère Marcelle « née Sourbier » en 1903 à Montmeyran, au sud-est de Valence. Le premier mourra à l'âge de quatre-vingts ans, en 1983, la seconde dix ans plus tard. Ils vivront quarante et cinquante ans dans le deuil d'un fils.

Autour de Dieulefit, Chaix est un patronyme courant. D'ailleurs, sur les cinq mille Chaix de France, un sur quatre vit dans la Drôme. Le *x* final se prononce, comme dans Aix, ou pas, comme dans paix, mais pour André Chaix, plutôt un peu, sans trop l'appuyer : *ɑ̃dre ʃɛks*, donc, comme *mari ʃɛks* l'écrivaine. Chaix serait la forme régionale de l'ancien occitan *cais* – « machoire » –, un sobriquet pour un homme à la mâchoire proéminente, mais dans les

Alpes, le mot désigne aussi une variété de genévrier dont on fait un sirop, le chaï.

Lors du recensement de 1931, Jean Chaix est inscrit comme boulanger à La Paillette – la boulangerie d'aujourd'hui est d'ailleurs au même endroit. C'est dans ce bâtiment que Marcelle et lui travaillent et habitent. Peu après la guerre, ils revendront le bail, incapables de continuer à vivre dans cette boulangerie hantée par le souvenir d'André. Ils ont un deuxième fils, Marcel, son cadet de quatre ans. Une photographie aux tons sépia, protégée par un verre et un cadre d'aluminium, réunit les deux frères. Ils ont sans doute huit et douze ans, sont coiffés comme il convient, ils sourient au photographe.

Si j'ai pu tenir ce cliché entre mes mains, c'est grâce à quelques-uns. En août 2023 avait lieu à Taulignan une exposition sur la Résistance dans la Drôme. Le site internet mentionnait l'affrontement de Grignan, ce bref combat où André Chaix et d'autres maquisards ont trouvé la mort, et le nom d'André apparaissait. J'ai contacté les organisateurs, et nous avons pris rendez-vous dans la salle polyvalente. Entre une jeep de l'armée américaine et une scène reconstituée de la vie au maquis où un poste à galène diffusait les messages de Radio Londres, ils m'ont tendu une petite boîte en carton, de la taille d'une carte postale, haute d'un centimètre, fermée par un ruban gris. Scotché maladroitement, un bout de papier où est simplement indiqué «André». La famille leur avait légué tout ce qui pouvait rester d'un grand-oncle disparu, afin que sa mémoire ne se perde pas totalement. J'ai aussitôt ouvert la boîte et ce cadre où André et son frère sourient est apparu au-dessus d'enveloppes et de photographies. Comme honteux de profaner une sépulture, je n'ai pas osé fouiller davantage, j'ai refermé la boîte avec précaution, et j'ai attendu d'être rentré à La Paillette pour étaler sur mon bureau le contenu du petit coffret.

Il s'y trouvait beaucoup de choses, toutes précieuses et minuscules : la carte d'identité d'André, son certificat de travail comme apprenti aux « Céramiques de Dieulefit », l'article du *Dauphiné libéré* annonçant ses funérailles le 12 octobre 1949 au cimetière de Montmeyran, la page d'un livre pliée en quatre, un tract des Francs-tireurs et partisans, deux enveloppes contenant des lettres envoyées par André à ses parents, une dizaine de photographies aux bords dentelés, comme c'était la mode, une petite boîte métallique et rouillée de bonbons laxatifs purgatifs « Fructines-Vichy » – ça ne s'invente pas –, « traitement rationnel de la constipation et de ses conséquences » (la pharmacopée existe encore, j'en ignore l'efficacité), boîte remplie de minuscules clichés, bien sûr des planches-contacts qu'André a découpées. Il y a aussi une broderie de fil rouge aux initiales entrelacées A.C., un petit portefeuille de cuir marron, et enfin, objet incongru, terriblement intime et vivant, son fume-cigarette.

Ces poussières de la vie d'André Chaix, je les avais devant moi. Sur une photo, le jeune homme se tient debout sur un cheval, en équilibre ; sur une autre, il skie entre les tilleuls de la départementale enneigée qui mène à Dieulefit et où se trouve ma maison ; sur une autre encore, sa fiancée et lui marchent, enlacés : elle s'appelle Simone, si j'en crois les quelques mots amoureux que lui écrit André au dos du cliché. Mais j'en parlerai plus tard.

C'est étrange, mais je n'avais jusqu'alors jamais voulu, ou osé, imaginer André, ses traits, sa silhouette. Aujourd'hui encore je ne me représente pas le timbre de sa voix, son accent. Sur ces images d'hier, André a quoi, dix-neuf ans, mais il en paraît bien plus. Une maturité dans le regard, une assurance dans la stature. Il semble grand, il est athlétique, son visage est franc, ses yeux clairs, il a « une gueule », aussi. Une tête d'acteur, même. Quelque chose d'un Jean Gabin jeune, ou de Burt Lancaster, pour les choisir dans cette époque, ou d'un Marlon Brando, qui fêterait ses cent ans lui aussi cette année. Marcelle devait être si fière de son aîné.

Un certificat de travail dit qu'en avril 1943 « Chaix André » entre comme apprenti « dans la catégorie 7 » aux « Céramiques de Dieulefit ». Document signé par le gérant, André Le Blanc, le 20 avril, le jour où Hitler fête ses cinquante-quatre ans. L'apprenti André n'a que dix-huit ans, le destin peut encore basculer cent fois, mais le fils de boulanger veut déjà une autre vie, et il commence par troquer un four à 260 degrés contre un four à 1 200. L'atelier se situe rue du Savelas, au bord du Jabron, la petite rivière qui traverse Dieulefit. André, venant de la place Chateauras où se trouve le temple, remontait l'animée rue du Bourg et tournait à gauche, juste après l'église.

L'école communale de Montjoux est à quelques pas de la boulangerie, elle fait face au relais de poste et à ce mur au nom gravé.

J'ai voulu retrouver les bulletins scolaires du petit André, mais un siècle ou presque, c'est trop pour que l'Éducation nationale en ait gardé aucun. L'aurait-elle fait qu'un tel conservatisme m'eût quelque peu inquiété. Sur les lettres, ou au dos des photographies, l'écriture d'André peut sembler vacillante, mais les fautes ne sont pas si nombreuses, et les tournures sont élaborées. Et puis, les taches en témoignent, allez écrire proprement avec une plume Sergent-Major.

À La Paillette, à côté de la boulangerie, il y a aussi le café-restaurant, le seul du village à l'époque : le café Ponson, tenu par Prosper évidemment Ponson. J'en ai retrouvé une photographie, sur une carte postale ancienne. Sans doute André y apportait-il les croissants le matin, le pain à midi. Prosper a quitté La Paillette pour Montélimar peu après la guerre, et depuis, une demi-douzaine de restaurateurs se sont succédé dans les lieux.

20 ans, 2 mois et 30 jours, dit la cote AC 21 P. Sept mille trois cent quatre-vingt-dix-sept jours. Je suis né en avril 1957 et le 22 juillet 1977, j'ai au jour près l'âge auquel André meurt. Un haïku, aussi naïf que profond, comme un haïku se doit d'être, dit que l'on fête chaque année sans le savoir l'anniversaire de sa future mort.

Que pouvais-je bien faire ce vendredi 22 juillet? On était «sous Giscard», et je préparais sans doute la manifestation antinucléaire du 30 contre la centrale de Creys-Malville Superphénix. Ce n'était pas bien héroïque, même si le préfet de l'Isère avait menacé de faire tirer sur les manifestants, ce qu'il fit, à coups de grenades offensives, même si un professeur de physique de trente ans, Vital Michalon, allait y mourir, les poumons éclatés, sans doute par une grenade OF 37 – ou, version des enquêteurs, par une bombe artisanale. Et surtout, la femme que j'aimais s'était suicidée quelques mois plus tôt, elle venait d'avoir vingt ans elle aussi. Mourir à vingt ans relie bien sûr André à Piette. Mais ce fil, pour objectif qu'il soit, est pourtant ténu. Il ne m'est apparu qu'après des mois de prises de notes. Rien ne vient prouver que je serais dans la dénégation, cet argument imparable de l'analyste de comptoir : l'analysant serait obsédé par les kangourous, puisqu'il n'en parle jamais. Disons qu'il s'agit d'un hasard objectif. En cet instant où j'écris ces mots, ce jour de 1977 est plus lointain qu'il ne l'était alors du 23 août 1944. La guerre était si proche, et pourtant je n'avais pas encore l'âge d'en avoir pris conscience.

Le 23 mai 1924, date de naissance d'André, n'est pas pour moi un moment si flou de l'Histoire. Je sais maintenant que la veille est né un futur chanteur, Charles Aznavour. Mais je me souvenais que Lénine était mort en janvier, et que du 23 au 31 mai 1924 s'était tenu le XIIIe Congrès du Parti communiste d'Union soviétique. Ce n'est pas exagéré de dire qu'André naît quand meurt la révolution d'Octobre 1917, puisque à ce congrès du PCUS, les thèses de Léon Trotski seront condamnées, que Staline défend son projet de « socialisme dans un seul pays » et amorce sa prise du pouvoir. En Allemagne, le parti nazi allié aux « païens » du mouvement raciste *völkisch* envoie une trentaine de députés au Reichstag, avec 6,6 % des voix. Le balancier de l'Histoire amorce un retour tragique.

Ce que je devine des opinions politiques d'André tient dans presque rien, juste la présence d'un tract jauni des FTP, qu'il conservait sur lui. Pour certains aujourd'hui, les initiales FTP évoquent d'abord le *File Transfer Protocol*, grâce auquel on partage des fichiers sur un réseau internet. Mais depuis 1942, les FTP, les Francs-tireurs et partisans, regroupaient les trois organisations armées dépendant du Parti communiste : l'Organisation spéciale, les Bataillons de la jeunesse et les groupes spéciaux de la FTP-MOI – MOI pour main-d'œuvre immigrée, qu'on prononce « moï » – dont faisait partie, par exemple, le groupe Manouchian. Les FTP ne représentaient qu'une partie de la résistance intérieure française, qui a fini par se regrouper sous l'égide des Forces françaises de l'intérieur.

André n'a pas la carte du « parti ». Ou disons plutôt : s'il en fut adhérent, comment l'établir ? En 1940, avec l'occupation allemande, le PCF a détruit pour de compréhensibles raisons ses propres archives. De toute façon, l'affiliation communiste des maquis

FTP était toute relative. La Drôme est depuis longtemps une terre rurale et socialiste, plus qu'ouvrière et communiste. Même si aux élections de 1936, le PCF fait une percée, le département envoie à l'Assemblée deux députés SFIO et deux députés radicaux-socialistes. Et le maire de Dieulefit jusqu'en 1941, Justin Jouve, est un socialiste.

Et puis, la Résistance est loin d'être un corps chimiquement pur. C'est une nébuleuse qui prendra du temps pour trouver son centre, si elle le trouva jamais. Certains luttent contre les envahisseurs allemands, d'autres contre le nazisme, et ensemble, ils lutteront contre le « Boche ». Ce but minimal et commun va tisser des liens improbables entre des hommes et des femmes aussi singuliers, aussi uniques, qu'un ouvrier et poète arménien nommé Missak Manouchian, une professeure agrégée communiste, Lucie Aubrac, ou un Camelot du roi maurrassien et antisémite, comme le non moins héroïque secrétaire de Jean Moulin, Daniel Cordier – qui évoluera profondément jusqu'à se décrire à la fin de la guerre comme « presque communiste ».

C'est si complexe, si confus même, qu'André, pour se retrouver dans l'écheveau des composantes de la Résistance, conserve un tract du Comité national des écrivains, ce CNE auquel appartiennent aussi bien François Mauriac, Paul Éluard que Jean-Paul Sartre.

Le verso du tract est couvert de paraphes approximatifs. Marcel, le frère d'André, se cherchait une signature, une identité calligraphique. Signer un tract FTP est une imprudence, mais peut-être ces tentatives datent-elles d'après la Libération ?

Le titre résume tout.

CE QU'IL FAUT SAVOIR

Le sens de certaines abréviations de certaines dénominations fréquemment employées n'étant pas très clair dans tous les esprits, le Comité National des Écrivains croit utile, pour éviter la confusion, d'en donner l'explication :

F. T. P. F. est l'abréviation de Francs-Tireurs et Partisans Français.

F. N. est l'abréviation de Front National de lutte pour la libération et l'indépendance de la France.

Les Francs-Tireurs et Partisans, c'est-à-dire les F. T. P., forment l'armée du Front National ou F. N.

Le Front National est une des deux grandes organisations de la Résistance Française.

Le F. N. comprend les hommes venus de tous les horizons, de l'extrême gauche à l'extrême droite, sans distinction de religion, de race ou de classe, pourvu qu'ils combattent les Boches.

Les F. T. P., armée du F. N., constituent en fait une armée du type populaire.

A. S. est l'abréviation de Armée Secrète.

M. U. R. est l'abréviation de Mouvements Unis de la Résistance (comprenant les mouvements : « Libération, Combat, Franc-Tireur »).

CE QU'IL FAUT SAVOIR

Le sens de certaines abréviations de certaines dénominations fréquemment employées n'étant pas très clair dans tous les esprits, le Comité National des Ecrivains croit utile, pour éviter la confusion, d'en donner l'explication :

F. T. P. F. est l'abréviation de **Francs-Tireurs et Partisans Français.**

F. N. est l'abréviation de **Front National** de lutte pour la libération et l'indépendance de la France.

Les Francs-Tireurs et Partisans, c'est-à-dire les F. T. P., forment l'armée du **Front National** ou F. N.

Le Front National est une des deux grandes organisations de la Résistance Française. Le F. N. comprend les hommes venus de tous les horizons, de l'extrême gauche à l'extrême droite, sans distinction de religion, de race ou de classe, pourvu qu'ils combattent les Boches.

Les **F. T. P.,** armée du F. N., constituent en fait une armée du type populaire.

A. S. est l'abréviation de **Armée Secrète.**

M. U. R. est l'abréviation de **Mouvements Unis de la Résistance** (comprenant les mouvements : "Libération, Combat, Franc-Tireur").

L'Armée Secrète, c'est-à-dire l'A. S., est l'armée des **Mouvements Unis de la Résistance,** c'est-à-dire des M. U. R.

Les Mouvements Unis de la Résistance sont l'autre grande organisation de la Résistance Française.

F. F. I. est l'abréviation de **Forces Françaises de l'Intérieur.**

Les **Forces Françaises de l'Intérieur,** les F. F. I., représentent l'ensemble des organisations armées englobant les F. T. P. et l'A. S. L'état-major des F. F. I. est composé des représentants de chacune de ces deux organisations. Ce sont ces représentants qui choisissent parmi eux leur chef. Ceci se fait à tous les échelons. Il n'y a F. F. I. qu'autant qu'il y a des représentants à la fois des F. T. P. et de l'A. S. ayant constitué un état-major commun.

Les Milices Patriotiques défendent activement sur place la ville, le village, l'entreprise, et où elles sont recrutees, elles peuvent et doivent se transformer en une levée en masse de toute la population contre l'ennemi.

C. N. R. est l'abréviation de **Conseil National de la Résistance.**

Le **Conseil National de la Résistance** est l'organisme qui, à Paris, groupe les représentants de toutes les organisations de Résistance. Il est l'autorité suprême de la Métropole et l'interprète du Gouvernement Provisoire de la République siégeant à Alger.

Le **Comité de Libération Nationale** est l'organisme du pouvoir civil. Il est composé des représentants de toutes les organisations de la Résistance adhérantes au C. N. R. qui, localement, peuvent être considérées comme une force active. Aux représentants des organisations se joignent les personnalités marquantes de la population.

Les Comités de Libération Nationale sont constitués à tous les échelons du pays : commune, canton, département, région.

Le Comité National des ECRIVAINS (C. N. E.)

S. R. I. — Romans

Kraitzmarcel
Kraitzmarcel 1-5-2
Kraitz marcel
Kraitz marcel 13-3
Kraitz 15-5 marcel
marcel
Kraitz marcel
Kraitz marcel

L'Armée Secrète, c'est-à-dire l'A. S., est l'armée des Mouvements Unis de la Résistance, c'est-à-dire des M. U. R.

Les Mouvements Unis de la Résistance sont l'autre grande organisation de la Résistance Française.

F. F. I. est l'abréviation de Forces Françaises de l'Intérieur.

Les Forces Françaises de l'Intérieur, les F. F. I., représentent l'ensemble des organisations armées englobant les F. T. P. et l'A. S. L'état-major des F. F. I. est composé des représentants de chacune de ces deux organisations. Ce sont ces représentants qui choisissent parmi eux leur chef. Ceci se fait à tous les échelons. Il n'y a F. F. I. qu'autant qu'il y a des représentants à la fois des F. T. P. et de l'A. S. ayant constitué un état-major commun.

Les Milices Patriotiques défendent activement sur place la ville, le village, l'entreprise, et où elles sont recrutées, elles peuvent et doivent se transformer en une levée en masse de toute la population contre l'ennemi.

C. N. R. est l'abréviation de Conseil National de la Résistance.

Le Conseil National de la Résistance est l'organisme qui, à Paris, groupe les représentants de toutes les organisations de Résistance. Il est l'autorité suprême de la Métropole et l'interprète du Gouvernement Provisoire de la République siégeant à Alger.

Le Comité de Libération Nationale est l'organisme du pouvoir civil. Il est composé des représentants de toutes les organisations de la Résistance adhérentes au C. N. R. qui, localement, peuvent être considérées comme une force active. Aux représentants des organisations se joignent les personnalités marquantes de la population.

Les Comités de Libération Nationale sont constitués à tous les échelons du pays : commune, canton, département, région.

Le Comité National des ÉCRIVAINS (C. N. E.)

Pour appréhender cette diversité, les Allemands avaient un avantage. Ils la regroupaient sous un seul vocable : « *Terrorist* ». Le mot est si pratique qu'il sert encore beaucoup.

★

Je me suis rendu au cimetière de Montmeyran. Ses cyprès, ses ifs dominent la vallée du Rhône. Protégé par un muret de pierre, il compte plus de mille tombes, mais cinq cent quarante-huit seulement sont recensées, les concessions n'étant répertoriées qu'à partir de 1950. Le nom d'André Chaix n'est pas au registre et j'ai longtemps arpenté les allées, ébloui par le soleil, sans retrouver sa tombe.

Il y a bien quelques emplacements herbeux, envahis par la lavande sauvage, sans pierre ni croix, anonymes, et devant l'un d'eux, sûrement, le 12 octobre 1949, ils ont été quelques-uns à se retrouver pour la cérémonie.

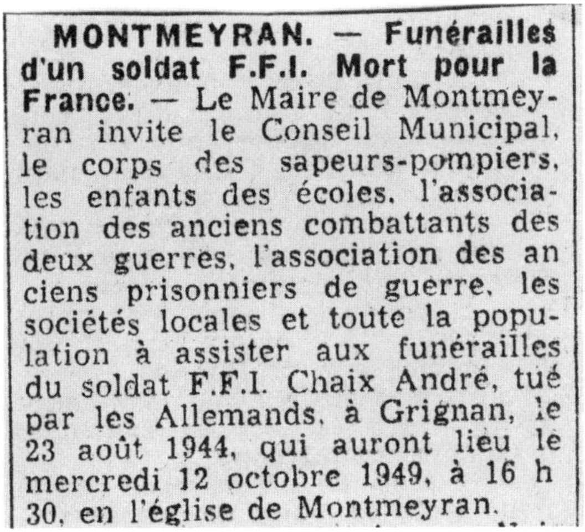

MONTMEYRAN. — Funérailles d'un soldat F.F.I. Mort pour la France. — Le Maire de Montmeyran invite le Conseil Municipal, le corps des sapeurs-pompiers, les enfants des écoles, l'association des anciens combattants des deux guerres, l'association des anciens prisonniers de guerre, les sociétés locales et toute la population à assister aux funérailles du soldat F.F.I. Chaix André, tué par les Allemands, à Grignan, le 23 août 1944, qui auront lieu le mercredi 12 octobre 1949, à 16 h 30, en l'église de Montmeyran.

On déplaçait le corps pour qu'il rejoigne le caveau familial. Ses copains du maquis étaient là, son père et sa mère, son frère Marcel, qui avait vingt et un ans, quelques cousins et cousines comme Huguette, quatre-vingt-quinze ans aujourd'hui, et qui vit encore à La Paillette, et aussi, peut-être, son ancienne fiancée Simone, qui s'était alors mariée et avait une fillette de trois ans. La petite Christiane devait être restée à Dieulefit, avec son père Lucien.

Je suis resté longtemps à chercher sa tombe, jusqu'à ce que la nuit d'automne envahisse tout. Alors je suis parti, en me jurant de revenir. Mais je ne suis pas retourné au cimetière, de peur, peut-être, si je devais retrouver l'emplacement, de donner vie à sa mort.

André sera à jamais un homme sans concession.

DIEULEFIT

SIMONE REYNIER, LA FIANCÉE

« Première photo avec toi ma chérie qui seras toujours pour moi la douce et pure Simone de mes amours. Avec toi nous parcourrons la vie dure parfois mais rien ne nous séparera à part la mort.

Mes doux baisers

Ton Dédé de toujours »

Ces phrases, André les a écrites en oblique au dos d'une photographie sépia où il enlace Simone tendrement. Le cliché se trouvait dans la boîte « André ». Je les ai souvent relues. Ce sont des phrases tellement sérieuses, pour un adolescent. Ou peut-être, au contraire, ce sont des phrases d'adolescent, légères comme l'air, mais figées dans le tragique pour toujours.

La photo n'est pas datée, mais c'est la fin du printemps, ou l'été déjà. André et Simone ont tous les deux dix-huit ans, et face à l'objectif, ils semblent bien sérieux. Ils prennent la pose, pour un ami qui

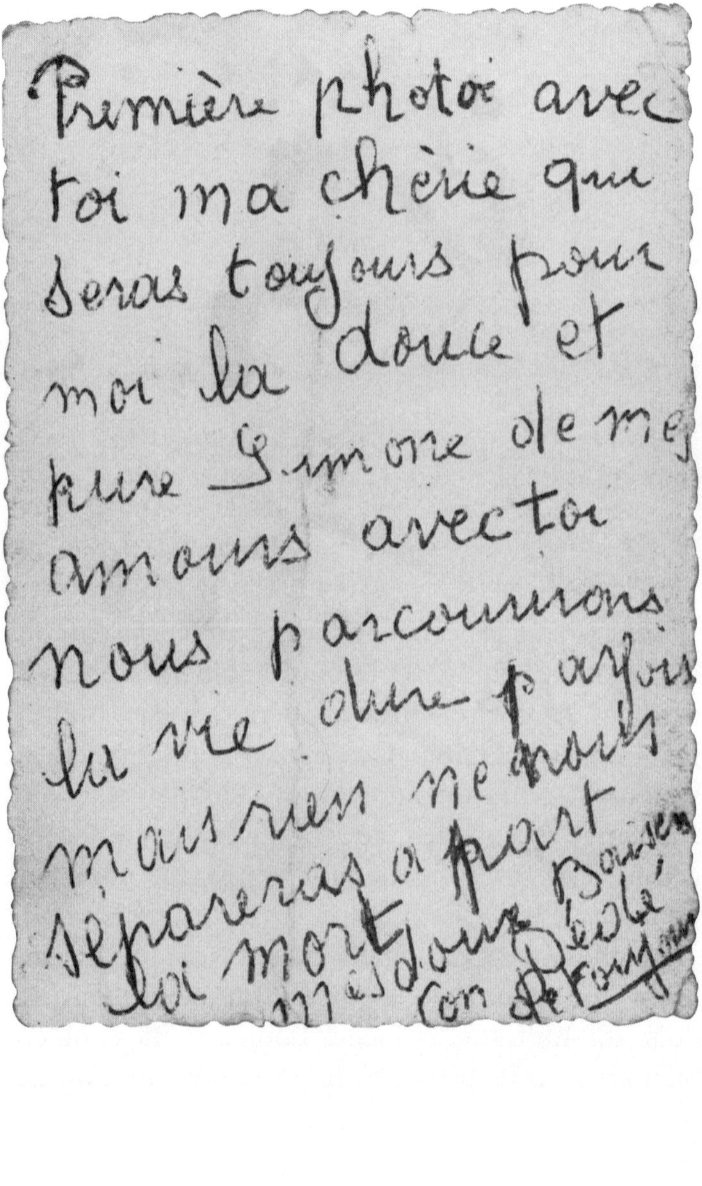
Première photo avec
toi ma chérie qui
seras toujours pour
moi la douce et
pure Simone de mes
amours avec toi
nous parcourrons
la vie dure parfois
mais rien ne nous
séparera à part
la mort. Mes doux baisers
Pépé
Con [illegible]

tient l'appareil, Marcel, ou bien Louis, le grand frère de Simone peut-être.

André et Simone viennent de se rencontrer. Ce fut sans doute dans une de ces soirées dans les bories, où les jeunes se retrouvaient pour y boire et danser. Les bories, dans la Drôme, ne désignent pas des fermes comme en Provence, dans le Tarn ou en Ardèche : ici, ce sont des cavités, parfois aménagées en salles de décantage pour la céramique, des grottes que la nature ou l'homme ont creusées à flanc de montagne, dans un grès friable qu'on appelle le safre.

« Safre » est un joli mot. En 1690, Furetière dans son *Dictionnaire universel* en dit ceci : « Quelques-uns l'escrivent Zafre. C'est une terre, motte ou glebe fossile & metallique de couleur bleuastre, tirant sur le gris-noir, qui est la magnesie ou le bismut du plomb, qui en petite quantité fait le verre tres-clair, & en grande le fait tres-bleu ; d'où vient qu'il sert à contrefaire les saphirs, ce qui luy a donné le nom de safre ; & les Potiers l'ayant reduit en poudre, en enduisent leurs ouvrages, qui paroissent noirs estant cruds, & qui sont d'un tres-beau bleu, quand ils ont passé par le fourneau. »

L'Antiquité confondait le saphir et le lapis-lazuli. Les Perses pensaient que la nuit était colorée du « saphir » déposé sur la voûte céleste. Les Égyptiens voyageaient vers l'au-delà en arborant l'amulette de saphir en forme d'œil d'Horus. Les Romains lui attribuaient des valeurs aphrodisiaques, mais il est vrai qu'ils en accordaient aussi au miel et aux anchois. Tout cela, les potiers le savent, et André a dû l'entendre durant ses mois d'apprentissage aux Céramiques de Dieulefit. Peut-être, une nuit, en regardant scintiller les étoiles piquées dans le bleu lapis-lazuli, Simone et lui ont-ils évoqué les légendes persanes.

Un peu plus tard, en relisant ces mots d'André, son «Première photo avec toi ma chérie», j'ai compris que cette photographie appartenait à Simone et que, puisqu'elle se trouvait désormais dans «ma» boîte «André», elle l'avait un jour rendue à la famille de son fiancé, avec d'autres, et peut-être ces lettres qu'évoque André. Si j'ai raison, alors elle abandonne tous ces clichés parce qu'elle ne veut plus les voir, qu'elle ne veut plus relire ces phrases qui parlent de la vie heureuse qui s'annonçait. Trop de chagrin, et aussi trop de culpabilité à devoir continuer à vivre. Je comprends. Des années après la mort de Piette, j'ai jeté les images que je conservais d'elle. Toutes sauf une, c'est vrai, mais j'ai fini par la perdre. J'aurais voulu pouvoir les confier, mais à qui? À un ami? Je ne voulais pas lire dans le regard de quiconque que j'étais *le* jeune veuf. À ses parents? Ils auraient pu soupçonner que je voulais oublier leur fille, quand je désirais seulement «tourner la page», métaphore qui dit que la vie est peut-être un livre.

Mais je me trompais: Simone n'avait pas tout donné aux parents Chaix. Lorsque j'ai rencontré sa fille Christiane, j'ai su qu'elle lui avait confié une enveloppe pourpre, et trente ans après la mort de sa mère, Christiane l'avait très respectueusement conservée. Le pourpre du papier s'est affadi mais l'enveloppe contient tout ce que Simone n'avait pas pu jeter d'André : une douzaine de photographies. Il n'y a pas une seule lettre. Pourtant, dans une de celles qu'il envoie à ses parents – qui presque toutes s'achèvent sur une demande : « Donnez bien le bonjour à Simone pour moi » –, André dit lui avoir écrit.

Mais non, plus aucune lettre. Tout ce qu'écrit André à sa fiancée, je ne le lirai qu'au dos de photographies.

> « À Simone que j'aime follement »

« Follement » est souligné.

« Je vous souhaite d'être follement aimée », disait un autre André, qui s'appelle Breton, dans *L'Amour fou*. André pose, mains sur les hanches, sur une route, peut-être celle qui mène à La Paillette, au pont sur le Lez en venant de Montjoux. Le torse est encore celui d'un garçon, mais c'est aussi un jeune homme mince, *casual chic*, en T-shirt à col rond comme c'était devenu la mode dans les années trente, pantalon à pinces, ceinture à boucle argentée, chaussures de ville. Si le cliché était publié dans *L'Illustration*, je croirais une légende qui affirmerait :

mme que
follement
André

« Le jeune prince Gustaf de Suède en tenue décontractée, en villégiature estivale dans la villa familiale en Provence. »

Toujours se méfier des clichés et des clichés.

Les voici tous deux assis sur la margelle d'un puits. André écrit :

> « Sur ce puits, j'ai refait le vœu que je t'ai souvent dit à ton oreille, et reçois de mes lèvres brûlantes mes baisers amoureux.
>
> Ton fiancé Dédé »

Le vœu d'André, bien sûr, on le devine. Celui d'une vie heureuse avec Simone, puisqu'il l'a dit, « rien ne nous séparera à part la mort ». Il faut toujours se faire le vœu d'être heureux, plutôt que le serment. C'est la faute au destin s'il tient si rarement ses promesses. La faute à la langue si l'on dit des fiancés qu'ils sont des « promis ».

Simone est moins photogénique qu'André, mais peut-être simplement n'aime-t-elle pas trop les photographies. Une série d'autres images, où on la découvre entourée d'amies, à côté d'André, lors d'une sortie à Montélimar, lui rend bien plus honneur. Sa fille la décrit comme une femme au visage doux, une femme intelligente et tendre, d'une rare patience et d'une grande gentillesse, au point qu'on la surnommait sans ironie aucune « sainte Simone ».

Il y a aussi dans l'enveloppe pourpre cette carte fleurie, avec, calligraphiée, la phrase : « Que le bonheur vous accompagne. » C'est une carte reçue pour leurs fiançailles. Je le crois en tout cas. Pour quelle autre raison l'aurait-elle conservée ?

Je me suis « fiancé » à Piette – ou plutôt elle m'a fiancé – au premier jour du printemps 1977, à l'aube, dans sa chambre encore obscure. Elle m'a réveillé pour improviser une cérémonie burlesque, une moquerie tendre et secrète. Sur ses cheveux noirs, Piette avait posé un napperon brodé ; sur les miens une serviette blanche à carreaux rouges. J'ai dû répéter après elle à voix basse « J'aimerai Piette même très très très vieille et très très moche », « Je lirai chaque soir à Piette l'*Odyssée* pour qu'elle s'endorme », « Il y aura toujours des chouquettes pour Piette à la maison» et trente autres serments. J'étais ému, et terrifié aussi, car je sentais combien ses extravagances mêmes m'engageaient pour toujours.

Durant les années qui ont suivi, j'ai préféré ranger les fiançailles des autres au rayon du monde d'hier. Un ami confiant dans mon mauvais esprit m'avait même passé commande d'un discours pour les siennes. J'y concluais qu'en général les fiançailles se terminaient bien, mais qu'hélas, parfois, les deux parties se mariaient.

Mais pas la moindre ironie ne me vient quand je pense à celles d'André et de Simone. Ils ont fait avec solennité ce que Piette avait transformé en parodie, mais il y a eu du merveilleux, du tragique et du sérieux dans les leurs comme dans les nôtres, et de mes fiançailles en carton-pâte, je ne regrette rien.

Il y a pourtant une phrase, au dos d'une photo, une phrase qui dit que l'avenir est fragile, puisque Simone s'en inquiète et qu'André doit la rassurer :

> « Dessus ce mûrier j'ai refait avec mon protecteur le vœu que quoi qu'il puisse m'arriver, je meure avec le souvenir que tu étais ma femme et non une amie passagère comme tu croyais toujours que je voulais de toi.
>
> Chérie, crois-moi que vraiment je t'aime à la folie. »

Simone doutait de la sincérité de l'engagement d'André. J'ai aimé la prudence de cette jeune femme, sa façon de se méfier tendrement de son André. Le temps lui aurait peut-être donné raison, allez savoir. Ce n'étaient que des jeunes gens et les destins sont capricieux. Oscar Wilde disait à peu près que la jeunesse a souvent raison de la fidélité, avant que la vieillesse ne vienne à bout de l'infidélité.

Mais la mort aura accompli que jamais Simone ne sera une « amie passagère ». André aura à jamais vingt ans, Simone sera toujours sa femme.

Sur l'envers d'un autre cliché, où ils sourient, adossés à un muret, Simone a écrit : « Regardez bien André et vous comprendrez. »

Elle s'adresse au monde entier.

Je parierais que l'adolescente a inscrit ces mots dès qu'elle a reçu le tirage et qu'ils signifient pour elle : «Voyez qui est cet homme, voyez pourquoi je l'aime. » Une phrase d'admiration, de fierté et de joie. Il faut toujours admirer ceux qu'on aime. Il est déjà si admirable qu'on les aime.

Il y aurait d'autres conjectures, mais je ne veux pas croire à une phrase que Simone aurait écrite après la mort d'André, à des mots noirs qui diraient pourquoi rien ni personne ne saura jamais la consoler. Une pensée doloriste quand tout dit que, si douce que fût Simone, elle était une femme forte, dont la vie avait déjà été dure et laborieuse, et qui continuera à l'être. Elle était la seule fille d'une fratrie de cinq, le quatrième enfant. Ses parents avaient divorcé quand elle avait onze ans. À quatorze, elle avait été placée en pension au Gué, le couvent du Poët-Laval, à quelques kilomètres seulement. Elle y avait poursuivi sa scolarité deux ans, pour retourner à Dieulefit auprès de sa mère. Elle aurait voulu être institutrice, mais c'étaient des années d'études, et elle n'en avait pas les moyens.

En 1943 et 1944, Simone était employée dans les « châteaux », les maisons de maître de l'allée des Promenades. Plus tard, elle travaillera à l'usine Moret, une draperie, puis à domicile. Elle stoppera les pièces de tweed, de prince-de-galles. Ensuite, ce sera l'usine Luffra, où l'on fabriquait des chaussures et qui depuis, comme presque toutes les petites industries de Dieulefit, a fermé.

Si Queneau a raison, et si l'Histoire est la science du malheur des hommes, alors Simone y tient son rang, et ce livre pourrait lui être dédié. La guerre, avant d'arracher à cette jeune femme son fiancé, lui a d'abord volé son père.

⋆

Célestin Reynier était, comme on dit, un homme de caractère. Il était né à Rochebaudin, un village au nord de Dieulefit, sous les hautes falaises de Serre Gros. Il travaillait à la ferme familiale et à vingt-cinq ans, en 1914, quelques semaines avant de partir à la guerre, celle qui devait être la « der des ders », il avait épousé Solange. Célestin était un homme de la mitraille, de la chair à canon comme tous ces paysans qu'au nom d'une logique de casernes on avait versés dans l'infanterie. Il passa d'un régiment à l'autre, et le 28 septembre 1915, lors de la seconde offensive de Champagne, sa formation fut décimée, et lui grièvement blessé.

Le même jour, à quelques kilomètres de là, un autre soldat, le légionnaire Blaise Cendrars, fut mutilé. Dans son autobiographie, *La Main coupée*, Cendrars a su décrire cette boucherie : « Dieu est absent des champs de bataille, et les morts du début de la guerre, ces pauvres petits pioupious en pantalon rouge garance oubliés dans l'herbe, faisaient des taches aussi nombreuses mais pas plus importantes que des bouses de vache dans un pré. »

Le fantassin Célestin Reynier ne mourut pas dans son pantalon « rouge garance » – « On m'appelle Garance, c'est le nom d'une fleur », dira Arletty dans *Les Enfants du paradis* –, mais l'armée le ramena du front estropié, et épingla sur son uniforme la croix de guerre avec étoile de bronze.

OFFICE NATIONAL DU COMBATTANT

COMITÉ DÉPARTEMENTAL de DROME

RÉPUBLIQUE FRANÇAISE

N° 3824

CARTE DU COMBATTANT

DÉLIVRÉE À

M. Reynier

Prénoms Célestin Louis

Domicile Comps

Né le 17 avril 1889

à Rochebaudin Dep Drôme

VALENCE 19 NOV 1928

Le Président du Comité départemental du Combattant,

Le Titulaire,

Reynier Célestin

De retour dans le Dieulefitois, Célestin a retrouvé Solange. Il a peu à peu cessé de travailler aux champs. Il y a eu les enfants, et il est devenu distillateur ambulant. Il se rend de maison en ferme, du Poët-Laval à Taulignan et Valréas, et transforme les récoltes de fruits en spiritueux. Mais Célestin ne sait pas tenir l'alambic à distance, ni le couple résister à cette vie. En 1935, lui et Solange divorcent.

Huit ans plus tard, Célestin, Résistance oblige, boit moins. Il est lui aussi engagé dans les FTP, à Grignan. Il a peut-être été le point d'entrée d'André dans les maquis, mais il y en avait après tout bien d'autres possibles. Comme beaucoup de partisans, il est persuadé que le débarquement du 6 juin en Normandie va rapidement être suivi d'un autre, au sud, sans doute à Marseille, Toulon ou Cannes, qui prendrait l'armée du Reich en cisaille. Alors, le 8 juin au matin, suivant les instructions de Radio Londres qui veut surtout fixer les Allemands partout sur le territoire, les résistants de l'Armée secrète gaulliste et les Francs-tireurs et partisans entrent ensemble dans Valréas et en occupent les lieux stratégiques. Les gendarmes français sont retranchés dans leur caserne, inquiets des représailles maintenant que la guerre semble perdue pour l'Allemagne et le régime de Vichy. « Obéir, c'est trahir », slogan de la Résistance, est écrit à la peinture blanche devant leur baraquement. Ils finissent par déposer les armes et sortent les bras levés : aucun mal ne leur est fait. Valréas fête joyeusement les maquisards. Mais la ville est isolée, même si de l'autre côté du Rhône, une autre cité, Annonay, est elle aussi pour quelques jours libérée.

Les Allemands ont des espions, des agents infiltrés parmi les maquisards. L'un d'eux, René Claude alias Roger Ferrand, signale les positions de la Résistance, et dès le surlendemain, deux chasseurs Stuka de la Luftwaffe les mitraillent. Le 12 juin, les Allemands de la 5e compagnie, dite « compagnie Brandebourg », et de la 9e division blindée « Hohenstaufen » de la Waffen-SS contre-attaquent. Ils sont plus de mille, tous motorisés, avec des chars lourds, des automitrailleuses. Les maquisards sont moins de deux cents, et mal équipés, ne disposant que de six fusils-mitrailleurs et de pistolets, pour la plupart pris aux gendarmes. Le colonel Achiary, chef du maquis, donne l'ordre de se replier, mais la consigne n'arrivera pas aux FTP retranchés, car détournée par le milicien infiltré. Alors, autour de Taulignan, les FTP restent en position, et Célestin Reynier, membre du « groupe Guion », occupe une petite tranchée au sud du village sur la route de Valréas.

La suite, les livres d'histoire et les monuments commémoratifs sont là pour la raconter. La division Hohenstaufen entre dans Valréas, suivie de la compagnie Brandebourg. Les soldats de la Wehrmacht mitraillent les rues, ils tirent dans les portes et les fenêtres, ils mettent le feu à quelques bâtiments, pillent les maisons, volent la nourriture, les bijoux quand ils en trouvent, et jusqu'aux vélos. La lutte est inégale, les quelques partisans qui n'ont pas pu fuir sont arrêtés, parfois abattus sur-le-champ. Le maire de Valréas, Jules Niel, reçoit l'ordre de rassembler les habitants sur la place de la Mairie. Il est cinq heures de l'après-midi quand le major Unger harangue la population. Puis il s'éloigne de quelques pas, rentre à son quartier général, l'hôtel Thomassin. Un officier donne l'ordre d'aligner contre le mur de l'imprimerie de la ville les vingt-sept maquisards capturés, et avec eux une trentaine d'otages pris au hasard parmi la petite foule prisonnière. Le peloton d'exécution commence alors un lent carnage. Les soldats fusillent leurs prisonniers cinq par cinq, et, entre deux salves, ils vont boire un coup à l'hôtel Thomassin, de l'autre côté de la rue, jusqu'à être ivres. Avant de tomber face aux balles, certains crient le nom d'un être aimé, d'autres chantent les premières mesures de *La Marseillaise*, de *L'Internationale*.

Sur le trottoir gisent plus de cinquante cadavres. Dans la rigole le sang coule, ruisseau écarlate sur la terre sèche. L'officier interdit que l'on touche aux corps, mais à la nuit tombée, des volontaires, des sapeurs-pompiers et des infirmières vont les examiner. Cinq hommes respirent encore. Quatre survivront à leurs blessures.

Plus au nord, ce sont cinquante soldats allemands motorisés qui reprennent le village de Taulignan. Seuls vingt à trente maquisards le défendent, dont Célestin Reynier. Sans ordre de repli, ils n'ont pas décroché. C'est une expédition punitive, et sept habitants sont fusillés immédiatement. Sur sa « tranchée », Célestin est capturé avec quatre de ses camarades. Ils sont emmenés à la prison de Montluc, à Lyon, où ils sont torturés, cinq jours durant. Le 18 juin vers midi, il est tiré de sa cellule, entravé, et on le fait monter avec une vingtaine d'autres dans un camion militaire. Une traction Citroën de la milice ouvre le chemin, on dépasse Bron, Saint-Priest, on fait route vers l'Isère.

Célestin et ses camarades ne peuvent pas douter de leur destination finale. C'est le propre de la mort d'être impensable, et ce que signifie rouler vers elle, penser au temps qui reste, dans le bruit, la chaleur et la pénombre, je ne l'imagine pas. Dans *L'Armée des ombres* de Jean-Pierre Melville, Philippe Gerbier, le résistant qu'interprète Lino Ventura, dit en voix off alors qu'il marche dans le long couloir de la prison qui conduit aux batteries de mitrailleuses : « C'est impossible de ne pas avoir peur quand on va mourir. C'est parce que je suis trop borné, trop animal pour y croire. Mais si je n'y crois pas jusqu'au dernier instant, jusqu'à la plus fine limite, je ne mourrai jamais. »

Au bout d'une heure interminable, parvenu au village de Roche, le petit convoi s'arrête, le camion recule dans un champ d'avoine encore en fleur. Les vingt hommes doivent descendre, font quelques pas dans les herbes, les soldats allemands les abattent, de deux balles dans la nuque, ou dans la tempe, et abandonnent là leurs cadavres.

Lors du procès de Klaus Barbie, en 1987, ces crimes de guerre seront retenus parmi les très nombreux chefs d'accusation. Et ce n'est pas un hasard si c'est à Montluc que Barbie est emprisonné tout le temps du procès d'assises.

Les habitants de Roche retrouveront vingt corps. On en reconnaîtra trois et quelques jours plus tard les dix-sept autres seront ensevelis dans une fosse commune, après avoir été répertoriés et photographiés : le cercueil du père de Simone porte le numéro 8. Célestin Reynier sera le dernier à être identifié, le 7 septembre 1945, « d'après photographie », par son fils aîné Louis. Pendant un an, ses enfants, ses amis, auront espéré. Peut-être avait-il été déporté, peut-être allait-il revenir vivant de Buchenwald ou Dachau ?

★

Je devine le cataclysme qu'a vécu Simone, dont le père a disparu dans les prisons françaises, et qui perd son fiancé deux mois plus tard, je comprends, face à la trahison de la vie, son refus d'abdiquer, et tout autant les circonstances de ce mariage, deux ans plus tard à peine, avec Lucien, Lucien Jouve. Sa petite Christiane naît peu après, fin 1946. Simone lui parlera bientôt de son grand-père, et, plus tard, quand Christiane aura l'âge de l'entendre, d'André. Cendrars, toujours : « Vivez, ah ! Vivez donc, et qu'importe la suite ! N'ayez pas de remords. Vous n'êtes pas juge. »

Pour les amateurs d'épilogue, ou simplement les curieux qui voudraient savoir si les coupables du massacre de Valréas seront punis, disons-le tout de suite : non. Il y aura bien un procès, en février 1951, à Marseille, un procès militaire. Mais chaque officier, dont la présence est attestée sur place, du major Unger au commandant Hentsch, renvoie sur un autre la responsabilité. Un lieutenant allemand innocenté, Gehrard Blanck, de la division blindée Hohenstaufen, témoigne avoir vu sur la manche du lieutenant en charge du peloton des « feuilles de chêne », l'emblème de la compagnie Brandebourg. Le détail désigne le chef des légionnaires français et nazi fanatique, le lieutenant Helmut Demetrio. Des quatre suspects, Demetrio est finalement le seul à passer en procès, mais Blanck n'étant pas convoqué comme témoin, il sera acquitté. Deux mois plus tard, en avril 1951, il sera jugé pour un massacre similaire par un autre tribunal militaire, à Bordeaux cette fois. Il sera condamné à dix ans de prison, en fera deux, et le voilà de retour à Karlsruhe où il enseigne la musique en collège et boit des bières entre anciens camarades, en chemisette blanche et *Lederhose*.

De toute façon, après la loi d'amnistie du 6 août 1953 sur les crimes ou faits de collaboration, il n'y a plus dans les prisons françaises un seul condamné pour des délits liés à l'Occupation. Même les assassins de Tulle, de Figeac, d'Argenton-sur-Creuse, les bourreaux d'Oradour-sur-Glane et on en oublie, les rares qui ont été emprisonnés, tous, absolument tous sont libres dès 1953. On n'a pas voulu emprisonner les « malgré-nous » alsaciens de la 2e division SS Das Reich, qui représentent pourtant les deux tiers des accusés. Le verdict accablant du procès de Bordeaux n'aura aucune conséquence, et quand les églises d'Alsace sonneront le tocsin à la suite des condamnations, l'amnistie viendra l'annuler. La pauvre Creuse rurale peut bien pleurer ses morts. Elle devra s'incliner devant la riche Alsace industrielle, seule région de France où jamais personne n'aura été nazi.

On se tromperait en croyant que beaucoup sont passés entre les mailles du filet. Il n'y avait plus de filet parce qu'on ne souhaitait pas qu'il y en eût. Les États-Unis, tout à leur guerre froide contre les Soviétiques, mettaient en place l'opération « Paperclip ». Il s'agissait d'exfiltrer et de recycler les anciens nazis, certes excessifs dans l'antisémitisme, mais anticommunistes de première qualité.

Je me souviens d'un des « Dossiers de l'écran », cette émission culte, où l'on projetait *Et l'Angleterre sera détruite*. Dans ce film d'espionnage est-allemand, des résistants tentaient de saboter le lancement des fusées V2. Un débat suivait toujours la projection, et j'y ai vu en avril 1973 pour la première fois François Le Lionnais, dont j'ignorais bien sûr qu'il était le fondateur et premier président de l'Oulipo. « FLL », c'étaient ses initiales oulipiennes, était là comme ancien déporté du camp de Dora, un camp de concentration où moururent vingt mille prisonniers, soit un sur trois, et où étaient fabriquées les V1 et les V2 qui tombaient sur Londres. Il se rappelait fort bien un sous-directeur, spécialiste des fusées, qui assistait aux pendaisons quand il ne désignait pas qui pendre. L'homme s'appelait Wernher von Braun. Récupéré par les Américains, il avait échangé son savoir contre l'immunité, au point de diriger la Nasa pendant des dizaines d'années. Il avait décliné l'invitation de l'ORTF à participer au débat. « L'emploi du temps », avait-il répondu. Le Lionnais n'en doutait pas…

En France, l'heure était à la réconciliation, au mythe de la nation sinon résistante, du moins unie derrière sa Résistance. L'article 45 de la loi d'amnistie d'août 1953 interdit même de rappeler les crimes commis. Il ne s'est rien passé. Le président du Conseil René Meyer le résumera sans fard : « L'unité nationale [est] supérieure à toutes les douleurs, plus urgente encore que les réparations. »

C'est pourquoi vingt ans durant, aucun officiel ne sera convié à Oradour-sur-Glane par l'Association nationale des familles des martyrs. Et lorsqu'il s'agira de construire l'ossuaire où reposent les restes des six cent quarante-trois victimes assassinées, l'association refusera tout argent de l'État français.

LE NAZISME, DONC

La loi des grands nombres ne laisse aucun doute, et j'ai cherché un soldat allemand né comme André Chaix le 23 mai 1924 et qui, comme lui, va vivre 20 ans, 2 mois et 30 jours, et mourir le 23 août.

Le fichier central fédéral allemand (le fonds B 563-1 Kartei) recense à lui seul près de deux mille deux cents soldats nés le 23 mai 1924 et tombés au front. Une recherche informatique combinée sur les dates de mort est impossible. Mais cinq millions de soldats allemands sont morts durant le conflit, et au cours du seul mois d'août 1944, le plus meurtrier de toute la guerre, près de quatre cent cinquante mille ont péri ou sont portés disparus. Alors, ce 23 août 1944, on peut affirmer sans grande erreur que quatre ou cinq Allemands nés le 23 mai 1924 tombent, cinq jeunes à la vie brève et parallèle à celle d'André. Bien sûr il en est d'autres, issus d'autres peuples, plus nombreux encore parfois, Russes, Chinois si souvent oubliés, Juifs et Tziganes assassinés à Auschwitz, camp d'extermination qui « fonctionne » encore. Mais on ne fait pas un bilan comptable.

Ces soldats de vingt ans meurent en France, près de Paris ou de Montélimar, alors que les armées allemandes se replient face aux avancées des troupes américaines, britanniques, françaises… Ils tombent plus vraisemblablement encore près de Cracovie, d'Odessa, de Minsk, tant le front de l'Est est sanglant. Le 25 août 1944, jour où la 2e DB de Leclerc entre dans Paris libéré, l'Armée rouge franchit la Vistule et pénètre dans le territoire du Grand Reich.

De ces cinq Allemands morts pour Hitler, à cause de lui, je ne connais ni les noms ni les visages. Les convoquer, même si peu, parler d'une vie « parallèle », ce n'est pas en faire des compagnons d'infortune confrontés à un ennemi commun éthéré qui s'appellerait le nazisme, un monstre immonde et vaporeux dont ils auraient été eux aussi les victimes innocentes. Il existe aussi des victimes coupables. Ces jeunes gens étaient le nazisme. S'ils n'avaient pas été là pour porter ses armes, certains pour perpétrer ses crimes, en un mot pour l'incarner, André Chaix aurait eu un jour vingt et un ans. Et peut-être, sait-on jamais, cent ans.

Mais d'eux, je sais ceci : ils avaient neuf ans quand Hitler a pris le pouvoir, et tous, au plus tard le jour de leurs quinze ans, ont rejoint les Jeunesses hitlériennes. Ils n'avaient pas le choix. Tous ont été mobilisés dans la Wehrmacht en mai 1942, à l'âge de dix-huit ans. Là encore, ils n'avaient pas le choix. L'un d'eux, plus fanatisé que les autres, a pu décider d'entrer dans la Waffen-SS, l'« élite germanique » d'Himmler. Après tout, même un Günter Grass, écrivain et figure morale allemande de l'après-guerre, y avait été enrôlé dans les derniers mois de la guerre, et pour le garçon de l'époque, « les Waffen-SS n'avaient rien d'effrayant ». On n'est pas sérieux quand on a dix-sept ans.

On leur a mille fois répété : ils appartiennent à la race aryenne, la race des surhommes, des *Übermenschen*, et ils ne doutent assurément pas de sa supériorité. Et même si depuis des mois l'Allemagne subit revers sur revers, c'est peut-être encore confiants dans la propagande nazie et certains de la victoire ultime du Reich qu'ils meurent.

Je ne sais pas si la mansuétude est mon fort. Mais j'en ai vu par dizaines, encadrés de noir, de ces visages graves de jeunes soldats allemands, sur des faire-part, comme celui-ci où est écrit :

Du warst so gut, Du starbst zu früh,
Wer Dich gekannt, vergißt Dich nie.

Tu étais si bon, tu es mort si tôt
Qui t'a connu ne t'oubliera jamais.

Et j'ai pitié d'Emmerich Blaschko, né le 3 novembre 1925 et mort le 22 octobre 1944 à Bassing, en Moselle, ce caporal de dix-neuf ans enrôlé dans cette

11e Panzerdivision qui a mortellement blessé André Chaix deux mois plus tôt. Pitié aussi de beaucoup de ces jeunes gens engloutis dans la spirale noire de la croix gammée. Mais d'indulgence, je n'en trouve aucune en moi pour ceux qui, en France et ailleurs, ont laissé leur haine, mais surtout leur lâcheté ou leur carriérisme, définir leur destinée.

André, Célestin, par leurs actes et leurs gestes, auront vraiment choisi la leur. À vingt ans, Simone pleure les deux hommes de sa vie, son père et son fiancé, deux hommes libres. Sartre avait raison de définir la liberté par ces phrases en apparence si provocatrices: «Jamais nous n'avons été aussi libres que sous l'occupation allemande. Puisque le venin nazi se glissait jusque dans notre pensée, chaque pensée juste était une conquête.»

*

Quand un événement fait basculer notre existence, c'est souvent des années plus tard qu'on en prend la mesure. J'ai été éjecté de l'enfance par un film, *Nuit et brouillard* d'Alain Resnais, vu au ciné-club du lycée. Les images de ces monceaux de cadavres charriés dans des fosses par des bulldozers m'interdisaient soudain l'insouciance. J'avais douze ans et je n'étais plus que questions et colère. J'ai trouvé certaines réponses. La colère, la rage, même, ne sont jamais retombées. Il est bon qu'elles restent intactes.

Le nazisme n'est pas une page comme les autres de l'histoire de l'humanité. Tant mieux s'il est impossible d'en parler sereinement, et serein, ce chapitre ne le sera pas. Tant mieux si baptiser un petit garçon Adolphe est devenu un sujet de comédie grinçante. Tant mieux si le trop injustement décrié «point Godwin» invalide toute généralisation abusive et confirme que, désolé, peindre des aquarelles, être végétarien ou aimer les chiens ne prouve strictement rien.

La chronologie de la prise du pouvoir d'Adolf Hitler reste une leçon de choses. Faisons court : Hindenburg le nomme chancelier fin janvier 1933, un mois plus tard, le Reichstag brûle, Hitler accuse les communistes, fait arrêter ses dirigeants, et aux élections du 5 mars, fort du décret liberticide « sur l'incendie du Reichstag », son parti, le NSDAP, obtient 43,9 % des suffrages et ses alliés nationalistes 8 %. Quatre jours plus tard, les nazis s'emparent des Länder qu'ils ne contrôlent pas encore. Le 21 mars, le premier camp de concentration ouvre à Dachau. Le 23, Hitler obtient les pleins pouvoirs, et le 1er avril, il ordonne le boycott des magasins juifs dans toute l'Allemagne. Puis commence la course à la guerre, que nul en Europe ne peut feindre d'ignorer.

Neuf semaines à peine séparent l'accession d'Hitler à la chancellerie de la dictature et des premières mesures antisémites. S'en souvenir : les fascismes marchent plus vite que n'importe quelle démocratie.

Le Troisième Reich devait durer mille ans, ce sera douze. Mais ces douze ans suffiront pour façonner des hommes et des femmes terribles. Le nazisme a catalysé chez certains spécimens d'humanité leur extraordinaire aptitude à l'inhumanité. Il nous pose sans cesse la question de savoir ce qu'est un homme, et ce qui le meut.

«Les gens normaux ne savent pas ce qui est possible», dit Hannah Arendt. Mais savent-ils ce dont ils sont capables? Dans un journal berlinois en 1944, une petite annonce:

«Des travailleuses en bonne santé, âgées de 20 à 40 ans, sont recherchées pour un site militaire.»

Y répondent des centaines de jeunes femmes, sans qualification, venant de familles pauvres. On leur promet quoi? Un salaire correct, des repas gratuits, un logement, des vêtements propres. Le vêtement est un uniforme SS, le site militaire qui recrute, le camp de concentration de Ravensbrück. Il est à environ quatre-vingts kilomètres au nord de Berlin, il est destiné avant tout aux enfants et aux femmes: juives, lesbiennes, communistes, sans-abri, opposantes. Trente mille mourront ici, de faim, de maladie, d'épuisement, certaines gazées, d'autres pendues.

Quelques jeunes recrues, apprenant quel serait leur travail, démissionnent aussitôt. Personne ne leur en fera reproche, et leur défection sera sans conséquence pour elles ou leurs familles. Les autres, l'écrasante majorité, entreront avec fierté dans la SS. Elles s'y révéleront des tortionnaires sadiques et sans pitié. Des femmes ordinaires commettant des actes atroces, qu'on ne décrira pas, tant ils le sont. L'une d'elles, Irma Grese, promue à Auschwitz puis à Bergen-Belsen, y gagnera les surnoms de «hyène d'Auschwitz» et de «bête de Belsen». Elle a pourtant été si peu élevée dans la haine que son père antinazi, apprenant en 1942 quel poste elle a accepté, ne voudra plus jamais la revoir. Sur les milliers de gardiennes SS ayant travaillé à Ravensbrück, soixante-dix-sept seront jugées et très peu condamnées. Irma Grese sera jugée et pendue.

Un historien américain, Christopher Browning, a publié un ouvrage voilà trente ans, intitulé *Des hommes ordinaires*, et sous-titré *Le 101e bataillon de réserve de la police allemande et la Solution finale en Pologne*. Le bataillon d'environ cinq cents hommes a été recruté parmi des policiers, donc des Allemands qui voulaient justement échapper à la Wehrmacht et à la guerre. Âgés en moyenne d'une quarantaine d'années, ils n'avaient pas fait la Première Guerre mondiale, venaient de «Hambourg la rouge», avaient grandi bien avant l'embrigadement nazi, et d'ailleurs, ce bataillon rattaché aux SS comptait peu de membres du parti nazi. Ces individus, les moins susceptibles pourtant d'adhérer aux thèses nazies, vont assassiner par balles trente-huit mille Juifs, hommes, femmes et enfants, et en déporter quarante-cinq mille.

Les chiffres ont ceci de terrible qu'à partir d'un certain nombre on ne sait plus ce qu'ils signifient. Le philosophe Günther Anders appelle cela le «surliminal», ce qui est trop grand pour être perçu. Disons qu'il faut plus d'un jour et d'une nuit pour énoncer à voix haute les noms de chaque victime du 101e bataillon.

Ce que démontre Christopher Browning, c'est que la soumission à l'autorité, la pression des pairs, le

« sens du devoir », fabriquent à la chaîne des tueurs sans états d'âme. Ces hommes n'étaient pas des psychopathes, des monstres, mais des « hommes ordinaires » capables de fêter Noël en trinquant après une journée de meurtres.

Le livre de Browning était passé plutôt inaperçu. Mais en 1996, un jeune professeur en sciences politiques de Harvard, reprenant l'exemple de ce même bataillon de réserve et adaptant sa thèse pour le grand public, publie *Les Bourreaux volontaires de Hitler*. Il y affirme que de tous les peuples, le peuple allemand, dès le début du XIXe siècle, était le seul à vouloir « éliminer » les Juifs, et d'ailleurs, après avoir porté Hitler au pouvoir, c'est exactement ce qu'il avait fait. L'ouvrage de Goldhagen, écrivain par ailleurs éloquent et télégénique, touche le grand public, mieux, le pétrifie : les récits de ces Allemands si banals, terrifiants de cruauté, énoncés à la première personne, emportent la conviction du lecteur. Forcément, Goldhagen avait raison : les Allemands des années trente et quarante étaient bien des diables en uniforme, et l'ouvrage, en plaçant les témoignages et l'idéologie au centre, rendait fades les travaux trop complexes de Browning et de tous les historiens. La simplicité sans nuance de ce tableau a plu à beaucoup, et à moi aussi, c'est vrai. Tout le monde voulait des coupables bien identifiables : les jeunes Allemands de la fin du siècle pouvaient accuser leurs grands-parents, et les Européens s'exonéraient à bon compte de toutes les collaborations de leurs aînés.

On aimerait que ce fût si simple. Cela ne l'était pas : les meilleurs historiens, de Raul Hilberg à Ian Kershaw, critiquèrent son approche simpliste, lui reprochèrent d'avoir retenu surtout les documents à charge, sélectionné avec partialité ses sources judiciaires, abusivement généralisé a priori. Goldhagen oubliait aussi que face à la persécution des Juifs, et en dépit de la terreur, la société allemande n'avait pas été totalement passive. Il est difficile de savoir ce que pensaient les Allemands de cette folie exterminatrice. Au début de la guerre, Victor Klemperer, cet écrivain juif qui dut sa survie à son statut de mari d'« Aryenne », s'interrogeait dans son journal : « Qui peut juger de l'opinion d'une population de quatre-vingts millions alors que la presse est muselée et que personne n'ose ouvrir la bouche ? »

Quant au postulat d'un peuple allemand ontologiquement antisémite, exception parmi tous les autres peuples, il se pouvait aussi discuter : dès que l'occupant avait ouvert les vannes de la barbarie, les Lettons, les Lituaniens, les Ukrainiens, les Polonais et on en oublie ne s'étaient pas montrés moins sauvages ni moins zélés. En France, quand les nazis avaient ordonné de déporter les Juifs, mais d'épargner « les descendants de Juifs nés français ou naturalisés avant 1860 », c'est Pétain – mais pourquoi faut-il le redire sans cesse ? – qui avait rayé cette mention de sa main, et envoyé des dizaines de milliers de Juifs français à l'abattoir nazi. Et puis, la police française elle-même ne s'était pas montrée si réticente, litote, à obéir à ses ordres.

La dégueulasserie, on s'excuse de le rappeler, ne connaît pas de frontières. « Qu'est-ce que c'est, dégueulasse ? » demandait Jean Seberg.

On n'aura pas envie ici d'exhiber une célinerie de *Bagatelles pour un massacre*, une ignominie des *Décombres* de Rebatet, une de ces logorrhées luisantes de haine antisémite issues d'écrivains bien français, bien introduits, et bien lus. Il reste mode de s'encanailler à fréquenter les pires textes de ces gens-là et à s'émerveiller devant l'audace de l'outrance criminelle – et j'y ai coupablement cédé. Tout a été dit sur un Céline qui réclamait tellement de sang juif qu'il ulcérait jusqu'à Otto Abetz, l'ambassadeur du Reich en France. Mais quelles figures de roman ! Voyez Céline l'exilé maudit ! Rebatet le dandy, le rescapé ! Brasillach l'enfant terrible, le fusillé pour l'exemple ! Ah, ce diable de style, madame, cette riche envolée, monsieur ! À lire ces « petits youtres », cette « racaille pouilleuse », ces « enculés de juifs » et tous ces vibrionnants points d'exclamation... de suspension... quel génie ! Comment ne pas frissonner d'extase littéraire ? Comment échapper au spasme esthétique ? Je vous la pose, la question ! La bonne bourgeoisie allemande, lorsqu'elle recevait Hitler dans la porcelaine et le cristal, avait elle aussi ses vapeurs à l'idée que sous le frac, ce voyou portait un pistolet...

On n'est pas ici hors sujet. Bien sûr, j'en fais le pari, André Chaix n'avait pas lu leurs brochures d'appel au meurtre, n'avait jamais ouvert *Le Pilori* ou *Je suis partout*, journaux qui n'avaient pas beaucoup d'abonnés à Dieulefit. Mais ce moment d'exaspération contre les semeurs de haine ne nous éloigne pas de lui. Au contraire. C'est contre eux aussi qu'il s'est battu, et à cause de gens comme eux qu'à vingt ans il est mort.

Dix fois on reverra les procès de Nuremberg, dix fois on restera stupéfié par ces plaidoyers « *nicht schuldig* », ces « non coupable » d'individus encore dégoulinants de sang, du pluri-ministre Hermann Goering à Alfred Rosenberg, chargé des « Territoires de l'Est ».

Mais le sentiment d'appartenir à un *Volk*, un « peuple », à une « race » était puissant. On pouvait bien moquer les nazis en rappelant que l'Aryen était « blond comme Hitler, grand comme Goebbels, mince comme Goering », le racisme, qui marchait main dans la main avec le colonialisme, imprégnait déjà toutes les sociétés européennes, et, peut-être, la société allemande plus que les autres. La France avait eu son affaire Dreyfus, son Maurras, son Céline, mais l'Allemagne avait son Richard Wagner, dont l'œuvre participe à la création d'un « récit germanique », et qui voulait dès 1850 « désenjuiver » la culture européenne. Hitler, dans *Mein Kampf*, y puise beaucoup. Et entre 1904 et 1908, l'Allemagne du Kaiser avait, contre les Herero et les Nama de Namibie, initié le premier génocide du XXe siècle.

Il faut prendre les nazis au sérieux, et leurs délires aussi. L'histoire de l'humanité est vraiment pour eux celle d'une lutte biologique entre les races. Avec le national-socialisme, le peuple supérieur indo-germanique se révolte enfin, lui qui a toujours été la victime d'ennemis qui voulaient son extinction, des Perses aux Romains, jusqu'à cette plèbe gallo-romaine, cette « race femelle » métissée de Juifs et de Noirs qui a impulsé la Révolution française, souillée d'idées égalitaristes. Le projet nazi ne peut être qu'une victoire totale. D'ailleurs, lorsque les Germains auront triomphé, l'Office central de la race et de la colonisation prévoit, après l'anéantissement des Juifs, l'esclavage et la stérilisation des Slaves, puis de toutes les races inférieures. Le nazisme est d'abord une lutte pour le Bien, qui se confond avec la pureté de la race, une lutte menée par des êtres très humains contre d'autres qui ne le sont qu'à peine. Les meurtres étaient une tâche, certes déplaisante, mais nécessaire. Une *Aufgabe*.

Quand la guerre est définitivement perdue, si Hitler et Goebbels se suicident dans leur bunker, ce n'est ni par peur du procès, ni par honte d'un quelconque crime, c'est que la race germanique va s'éteindre. Alors, autant disparaître. C'est aussi pourquoi Magda Goebbels, après les avoir vêtus de blanc, empoisonne au cyanure et sans remords ses six enfants, afin qu'ils n'aient pas à vivre dans ce monde affreux de sous-hommes qui s'annonce, ce monde où le Juif, le Slave et le Nègre auront triomphé.

Les Aryens, donc, et les races inférieures, et d'abord la juive. Lorsque Primo Levi, docteur en chimie, rencontre pour la première fois son chef, le Doktor Ingenieur Pannwitz, à Monowitz, une dépendance industrielle d'Auschwitz où ce scientifique élabore des carburants synthétiques, il perçoit dans ses yeux ce qui n'est même pas du mépris : « Son regard ne fut pas celui d'un homme à un autre homme ; et si je pouvais expliquer à fond la nature de ce regard échangé comme à travers la vitre d'un aquarium, entre deux êtres appartenant à deux mondes différents, j'aurais expliqué du même coup l'essence de la folie du IIIe Reich.

»Tout ce que nous pensions et disions des Allemands prit forme en cet instant. Le cerveau qui commandait à ces yeux bleus et à ces mains soignées disait clairement : “Ce quelque chose que j’ai là devant moi appartient à une espèce qu’il importe sans nul doute de supprimer. Mais dans le cas présent, il convient auparavant de s’assurer qu’il ne renferme pas quelque élément utilisable.” »

C’est mon professeur de philosophie de terminale qui m’a fait lire *Si c’est un homme*, de Primo Levi. Nous en avons parlé ensuite, et il m’a dit, en substance : « Tu sais, les lois antisémites nous choquent d’autant plus qu’elles frappaient des gens qui se croyaient bien intégrés dans nos sociétés européennes. On martyrisait notre voisine de palier. Mais dans les années trente, est-ce que ces mêmes lois racistes – et bien qu’il ne soit pas question d’extermination –, les Anglais ne les appliquaient pas aux coolies en Inde et les Français aux Noirs d’Afrique, sans que cela choque grand monde ? »

On a toujours besoin d’un professeur de philosophie qui a lu Aimé Césaire. Je ne sais pas s’il était juif. À l’époque, ces questions ne se posaient pas, et donc, ce n’étaient pas des questions que l’on posait. Mais de lui, j’ai aussi retenu cette histoire grinçante, quintessence de l’humour ashkénaze, qui résume l’attitude juive face à un monde hostile.

1942. Deux Juifs font face au peloton d’exécution.

L'un d'eux, s'adressant à l'officier nazi, exige un bandeau. Son ami le regarde et lui dit : « Arrête. Tu vas nous attirer des ennuis. »

★

Cet automne de 1972, alors que je lisais le livre de Primo Levi, un parti était fondé, le 5 octobre exactement, le « Front national ». On parle évidemment du « nouveau », pas du vrai, celui de la Résistance, l'extrême droite ayant toujours aimé brouiller les repères, défaire le sens des mots, et les salir au passage.

On y découvre, libres depuis longtemps, bien des rescapés du radeau nazi : celui qui dépose les statuts, accompagné par un ancien député poujadiste plus présentable que lui et dénommé Jean-Marie Le Pen, s'appelle Pierre Bousquet. Bousquet est l'un de ces trois cents Waffen-SS de la division Charlemagne protégeant jusqu'au bout le bunker d'Hitler à Berlin, en avril 1945, des soldats de l'Armée rouge.

Le premier secrétaire du FN s'appelle, lui, Victor Barthélemy : c'est le numéro deux du PPF, le parti de Doriot, et l'un des créateurs de la Légion des volontaires français contre le bolchevisme, cette fameuse LVF portant uniforme allemand, et qui fusionnera avec la Waffen-SS Charlemagne. Barthélemy, milicien, auxiliaire zélé de la police pendant la rafle du Vél' d'Hiv, se réfugiera en 1944 dans l'éphémère et sanglante République de Salò de

Mussolini, tentera de fonder début 1945 un «maquis blanc» en France. Fait prisonnier, il obtient de passer devant un tribunal militaire, lui, le civil: un bon choix, il fera quelques mois de prison.

N'omettons pas André Dufraisse, cofondateur du FN, lui aussi engagé dans la LVF, puis dans une division blindée allemande sur le front de l'Est. Cela lui valait chez ses amis du Front national le surnom affectueux de «Tonton Panzer».

On pourrait étirer longtemps la liste de ces anciens nazis français présents à la fondation de l'ancêtre du Rassemblement national: Léon Gaultier, cofondateur du FN, quelques années plus tôt «saint des saints de la Waffen-SS» selon l'expression de Jean Mabire, hagiographe de ce corps d'armée. Roland Gaucher, membre de son comité directeur, qui écrivait en mai 1944 dans *Le National populaire*, sous son vrai nom de Roland Goguillot, que «la législation antisémite pèche par de grands défauts. Elle n'est pas suffisante, elle n'est pas appliquée». François Brigneau, premier vice-président du FN, propagandiste raciste et antisémite dans *La Fronde*, dont le «manifeste» refuse que «des nomades plus ou moins francisés par le *Journal officiel* [ne] fassent la loi chez nous». Pierre Gérard, secrétaire général du FN en 1980, et sous Vichy numéro deux de la Direction générale de l'aryanisation économique et directeur de la Propagande du Commissariat général à la question juive.

J'en oublie, mais j'en ai fini.

C'est décidément non, la mansuétude n'est pas mon fort. S'il est écrit sur les monuments aux morts qu'André, Célestin, et beaucoup d'autres, sont « morts pour la France », alors ces gens-là ont vécu contre elle, et ceux qui leur succèdent et perpétuent leurs obsessions aussi.

On ne débat pas de telles idées, on les combat. Parce que la démocratie est une conversation entre gens civilisés, la tolérance prend fin avec l'intolérable. Quiconque sème la haine de l'autre ne mérite pas l'hospitalité d'une discussion. Quiconque veut l'inégalité des hommes n'a pas droit à l'égalité dans l'échange. La formule lapidaire de l'historien et résistant Jean-Pierre Vernant me convient : « On ne discute pas recettes de cuisine avec des anthropophages. »

DE NATURA HUMANITATIS

Comment les Allemands pouvaient-ils prétendre ne rien savoir de l'horreur des camps, de l'extermination des Juifs ?

Et s'ils savaient, comment ont-ils pu l'accepter ?

Ces deux questions simples, qui valent aussi pour les Français, un élève de seconde de la Cubberley High School de Palo Alto, en Californie, les posa à son professeur d'histoire en avril 1967 après un cours sur le Troisième Reich. L'enseignant eut une idée étrange : recréer l'Allemagne nazie, à l'échelle de sa classe et sur une semaine seulement.

Il y a des chances que vous connaissiez cette expérimentation sociale, puisqu'elle a donné naissance à un film en 1981, *The Wave*, à un autre, allemand, en 2008, *Die Welle*, à deux documentaires, *Lesson Plan* et *The Invisible Line*, et même à une série Netflix, *We Are the Wave*. Si vous avez échappé à tout cela, je me dois de vous la raconter, ainsi que quelques autres expériences. Sinon, vous pouvez aussi, comme dans les « livres dont vous êtes le héros », sauter quelques paragraphes.

Il faut d'abord présenter l'enseignant, Ron Jones : l'homme était un original. L'année précédente, pour enseigner la « confiance » à ses élèves, il avait divisé sa classe en groupes de deux, l'un guidant son camarade auquel on avait bandé les yeux ; pour leur faire vivre la ségrégation raciale au quotidien, il avait interdit à des élèves pris au hasard certaines toilettes du lycée.

Le lundi matin, Jones commence son cours en ordonnant à tous de s'asseoir « correctement », puis de s'entraîner à la vitesse, en se levant, en s'asseyant, en zigzaguant. Jones leur fait lire un texte, leur demande d'en parler selon des règles strictes : ils doivent se mettre au garde-à-vous, et après avoir commencé par « Monsieur Jones », s'exprimer avec précision. L'élève bafouille ? Il recommence, jusqu'à être à la fois clair et concis. Jones craint que les lycéens ne se révoltent. Mais non. Au contraire, la classe participe, joyeusement. Même les habituels rebelles tournent à l'élève modèle. Chacun prête attention à l'autre.

Le mardi, quand Jones entre dans la classe, tous sont déjà là, assis à leur pupitre, concentrés, aucun ne sourit. Jones écrit au tableau : « La force par la discipline », et en dessous, « La force par la communauté », puis parle longuement. Ils sont suspendus à ses lèvres. Il propose un nom, la « Troisième Vague », car, dit-il, dans une succession de vagues, « la plus forte est toujours la troisième ». Le nom claque, nul ne perçoit la parenté avec le Troisième Reich… Jones propose un « salut », une main où la paume se courbe comme la vague qui va retomber. Les élèves doivent se saluer ainsi, montrer leur fierté de faire partie du groupe.

Une jeune fille résiste. Première des *breakers*, des briseurs, elle est exclue, renvoyée à la bibliothèque « pour un semestre ». Les adolescents n'ont le droit ni d'évoquer entre eux son exclusion, ni, hors de la classe, de lui adresser la parole. Jones vient d'inventer son « opposant ». Humiliée, furieuse, l'exclue rentre chez elle, écrit des affiches contre la Troisième Vague, les colle dans la nuit sur les murs du lycée.

À l'aube du mercredi, toutes ses affiches ont été arrachées, spontanément, par les élèves. Ron Jones inscrit alors au tableau : « Force par l'Action » et distribue des cartes de membre au logo de la Vague. Les membres de la Troisième Vague doivent se poster dans les couloirs pour « enrôler ». Un élève d'une autre classe se moque, le recruteur exige son nom, le récalcitrant refuse. On est près d'en venir aux mains… Jones a aussi distribué trois cartes spéciales, tamponnées d'un X rouge : leurs détenteurs doivent signaler quiconque ne respecte pas les « règles de la Vague ». Trois cartes seulement, mais ils seront vingt à dénoncer leurs amis, leurs parents. Les « procès » commencent dans l'après-midi, les accusés défilent sur l'estrade : « On vous a vu parler avec des révolutionnaires », déclare Jones. Les accusés, un par un, défilent. Toute la classe crie : « Coupable ! » Ces rebelles sont exclus. Ils rejoignent l'autre briseuse à la bibliothèque pour le semestre.

Chez Jones, l'inquiétude grandit. En trois jours, l'atmosphère du lycée est électrique, la violence est sur le point d'exploser… Arrive le jeudi.

Ils sont si nombreux à sécher leurs cours pour assister à celui de Jones que la classe est passée de trente à quatre-vingts élèves. Jones parle : « La Troisième Vague est partie prenante d'un mouvement national de jeunes, un parti va naître. » Les adolescents sont enthousiastes. « Demain vendredi, à midi, poursuit Jones, un leader va annoncer sa création officielle. Un rassemblement se tiendra à l'école, dans l'auditorium. » Une coïncidence bizarre donne du crédit à ses paroles, cette semaine-là, une publicité pleine page dans *Time Magazine* évoque un produit – de nettoyage… – dénommé « Troisième Vague », dont le slogan est : « *The Third Wave is coming* ».

Arrive le vendredi midi. Dans l'auditorium du lycée, aux murs couverts de larges bannières « *The Third Wave* », les membres du « mouvement » sont deux cents, assis, droits sur les bancs. Jones salue d'un geste sec, deux cents bras font le salut de la vague. Ron Jones allume une télévision. La neige scintille sur l'écran, longtemps. Disciplinés et obéissants, les élèves attendent. Quelques longues minutes passent. Enfin, une question jaillit : « Il n'y a pas de leader du tout, n'est-ce pas ? » Jones secoue la tête et se met à parler. De tranchante qu'elle était, sa voix est devenue douce : « Vous avez raison. Mais nous aurions certainement tous fait de bons Allemands nazis. »

Il leur projette alors un film sur le Troisième Reich : le faste et le décorum des congrès du NSDAP, le *Volk*, la race, la discipline, l'obéissance. Puis viennent les images de la violence, de la terreur, des chambres à gaz. Les lycéens sont abattus. Jones leur dit : « Comme les Allemands, vous aurez du mal à admettre que vous êtes allés si loin. Vous ne voudrez pas admettre avoir été manipulés. Vous n'admettrez pas avoir participé à cette folie. »

J'ai parlé avec un ancien élève de cette classe de seconde au lycée de Cubberley, Mark Hancock. La Troisième Vague l'a marqué à jamais. Aujourd'hui, Mark n'a plus quinze ans et Ron Jones n'est plus son professeur. Ils sont restés amis. Avec quelques autres, Mark a créé un site web, *The Wave Home*, sous-titré *Be careful who you follow because you never know where they will lead you*, « Faites attention à qui vous suivez car vous ne savez jamais où ils vous entraîneront », dans l'espoir que ce qu'ils ont appris à leurs dépens serve aux autres.

Mais qu'ont-ils appris ? Que si la démocratie est d'une telle fragilité, c'est que face à la masse l'individu est vulnérable. Que si notre aptitude à « faire groupe » a sauvé l'humanité lorsque nous vivions en tribus, elle crée aussi les conditions de notre asservissement. Les élèves de Jones avaient si vite renoncé à leur liberté, tant voulu faire partie de quelque chose de plus grand qu'eux. Pour certains, la Troisième Vague était le salut, *leur* vie, même. Ils avaient enfin du pouvoir. Sur les autres, mais aussi sur eux-mêmes. Enfin, parce qu'ils avaient été floués, ils se sentaient maintenant «victimes» de cette Troisième Vague dont ils avaient pourtant été les acteurs.

Mark Hancock possède un casque d'un soldat allemand de la Seconde Guerre mondiale. Une relique que lui a transmise son père. Il le regarde parfois, et chaque fois, il se demande ce qui s'est passé sous le crâne de ce soldat, qui avait dû tellement aimer les «carnavals métalliques avec flambeaux et oriflammes à grelots» dont parle Pierre Desproges.

Mes années d'adolescence n'ont pas été sans drapeaux. Les miens étaient rouges, frappés de cette faucille et de ce marteau au dessin inspiré de la statue *L'Ouvrier et la Kolkhozienne* de Vera Moukhina, un sigle élancé, presque abstrait, bien différent de celui des communistes ou des «maos-stals». Mais les voir flotter par centaines dans l'ardeur bruyante des meetings a toujours été une source de gêne trouble, que je ne parvenais pas à décrypter. La victoire exigeait le nombre, mais voir l'individu se dissoudre dans la foule était une forme de défaite. Le conflit entre le nécessaire et l'inconciliable avait chaque fois raison de mon enthousiasme et me tenait à distance.

⋆

Avant et après cette expérience de la Troisième Vague, il y en a eu beaucoup d'autres. Toutes montrent quel drôle d'animal social nous sommes, malléable et vulnérable, combien nous manipuler est l'enfance de l'art. N'importe qui devient incompétent si on lui fait subir échec sur échec. L'individu, spontanément altruiste s'il est pris dans un lien avec l'autre, devient indifférent si on fait de cet autre un inférieur. Et si on le décharge du poids du crime, il sait tourner au tortionnaire.

L'expérience de Stanley Milgram, menée aussi dans les années soixante, est célèbre. Même un film d'Henri Verneuil, vieux de cinquante ans, *I... comme Icare*, la présente. Elle met en scène trois protagonistes : un « élève », en réalité un acteur, censé mémoriser un certain nombre de mots ; un « enseignant », sujet réel de l'expérience, qui dicte les mots, vérifie les réponses, et, en cas d'erreur, envoie à l'élève une décharge électrique, qui peut aller jusqu'à 450 volts et provoquer l'évanouissement, voire pire. Ces décharges sont imaginaires, l'élève-acteur feint la douleur, mais l'enseignant l'ignore. Enfin, et c'est l'essentiel, un scientifique, un acteur lui aussi, dont la blouse blanche atteste du statut : c'est le « superviseur », il représente l'autorité, et son rôle est d'insister dès que l'enseignant hésite. Quand on lui a expliqué le principe, aucun enseignant n'a refusé de poursuivre l'expérience. Et trois sur quatre iront jusqu'à infliger à l'élève des chocs de 450 volts.

L'expérience de Milgram a souvent été reproduite. Chaque fois, elle a donné des résultats proches. Tout le monde ou presque peut devenir un bourreau, s'il existe une autorité supérieure pour le décharger de toute responsabilité. Un bourreau innocent. «*Nicht schuldig.*» Je ne sais pas où le «bon élève» que je suis se serait arrêté, mais je veux espérer que j'aurais su résister à la pression du superviseur. Et je pense qu'André aurait été plus humain que moi.

Une dernière expérience étonnante et j'en aurai fini, promis. C'est la chaîne américaine National Geographic, dans son émission «Brain Games» (Jeux de cerveau), qui l'a présentée. Les producteurs ont publié une petite annonce, qui propose un bilan d'ophtalmologie gratuit. Une jeune femme y a répondu, elle sera le sujet-test.

À l'heure du rendez-vous, lorsqu'elle entre dans la salle d'attente, une demi-douzaine de patients sont déjà là, assis. Elle s'installe sur un siège vacant. Soudain, un court bip retentit. À sa surprise, tous se lèvent, avant de se rasseoir aussitôt. Bien sûr, ces patients sont des acteurs, et l'expérience a commencé. Quelques minutes plus tard, nouveau bip. Ils se lèvent, se rasseyent. Le temps passe, encore un bip. Cette fois-ci, la jeune femme se lève avec eux. Elle se conforme aux règles du troupeau. Le processus continue, avec sa succession de bips et de debout-assis, l'apprentissage social est en cours, mais désormais, un par un, les acteurs, convoqués par l'ophtalmologue inexistant, quittent la salle. La voilà seule. Un bip retentit, elle se lève encore. Un nouvel arrivant se présente, un bip, elle se lève, se rassied, et, parce qu'il s'étonne, elle lui «enseigne» le comportement à adopter, sans pouvoir en expliquer, bien entendu, la logique. À l'issue de l'expérience, d'autres «patients sont arrivés», convoqués par la production, et il n'y a plus un seul acteur. Désormais, une salle entière obéit à la consigne tacite du bip.

Nous sommes des primates conformistes et mimétiques. Notre cerveau sait d'instinct qu'il y a de la puissance dans le nombre, et sous la pression invisible de nos «pairs», qui sont pourtant de parfaits inconnus, nous adoptons leurs pratiques. C'est une source de confort : résister exigerait un effort, un début de rébellion.

Je ne sais pas si nous sommes spontanément «fascistes», si c'est notre pente naturelle d'abdiquer devant la force, l'autorité et la pression du collectif. Dans *L'Espoir*, Malraux fait dire à Manuel, le communiste, qui parle avec Alba, l'ancien fasciste qui a rejoint les rangs républicains espagnols, mais dont il se méfie encore, que «les fascistes, au fond, croient toujours à la race de celui qui commande». Manuel ajoute qu'« un homme actif et pessimiste à la fois, c'est ou ce sera un fasciste, sauf s'il y a une fidélité derrière lui ».

Peut-être faut-il se choisir des fidélités, et s'y tenir. Peut-être ne jamais céder à l'idée de l'infériorité de l'autre est-il la fidélité suprême à ce qui nous rend humains. Il faudrait sans doute, pour rester des hommes, sourire chaque fois au mendiant qui s'adresse à nous. Je ne le fais pas toujours.

Bien sûr, face à cette différence qui constitue l'autre, nous sommes « naturellement » craintifs. Il n'y aurait plus de poule si le poussin ne se méfiait du chat. Mais les Grecs anciens, qui à nos yeux modernes n'avaient pas que des vertus, disaient malgré tout que, quand on frappe à votre porte, c'est peut-être un dieu qui vient s'enquérir si vous êtes disponible pour lui.

L'ÉDEN ET LE PARADIS

J'ai eu envie d'imaginer André et Simone comme deux spectres joyeux dans les décors du Dieulefit d'hier, qui n'est pas si différent de celui d'aujourd'hui, envie de les voir rire, danser, chanter, et j'ai cherché ce qu'ils avaient pu voir au cinéma, écouter à la radio, ou sur des phonographes, quelle avait bien pu être la bande-son de leur existence, à cette époque où il y avait beaucoup de sons mais pas encore de « bande ». Parce qu'on n'a pas toujours vingt ans, et qu'on a le devoir de refuser de se voir voler sa jeunesse par la guerre et la dictature.

Il était naturel que la vie continuât même si, comme le dit Walter Benjamin, « que "les choses continuent comme avant" : voilà la catastrophe ». À Paris, sur la scène du Moulin Rouge, Mistinguett chantait « La tour Eiffel est toujours là », puisque comme disait la chanson :

Paris, mon Paris t'as changé de physionomie
Tes rues sont calmes et tes taxis
Sont à la retraite
Dans l'avenue du Bois
Les femmes, avec leurs souliers d'bois,
Quand elles marchent sur les pavés d'bois
Font des claquettes
Mais ton ciel est toujours aussi léger
Pour moi, ton cœur n'a pas changé
Pour le voir il suffit, je crois,
De regarder autour de soi.

Les chanteurs de l'époque s'appellent Édith Piaf, Jean Sablon, Tino Rossi, Georges Guétary... Aux Folies Bergère, Charles Trenet, qui «faisait des chansons comme un pommier fait des pommes», chante «Douce France», chant de résistance selon certains, puisque le public la reprend, d'esprit pétainiste selon d'autres, toujours parce que le public la reprend. On ne tranchera pas la question, mais on n'a toujours pas trouvé trace d'un réseau maquisard aux Folies Bergère.

Pour les Allemands, il n'était pas question de fermer les restaurants parisiens, les music-halls ni les bordels. Paris occupé devait rester une ville de plaisir, un lieu de détente pour les troupes, et après tout, la capitale était offerte, elle consentait à la défaite et s'abandonnait avec volupté à ses nouveaux maîtres.

Du couvre-feu en vigueur après février 1942 en zone occupée, il nous reste l'expression oubliée «se faire appeler Arthur» pour «se faire disputer», puisque pour réprimander le retardataire le soldat allemand criait «*acht Uhr!*» – huit heures. Mais à dire le vrai, en ville, l'horaire du couvre-feu était bien plus tardif; à Paris, il était fixé à minuit, et à condition d'attraper «le dernier métro», comme dans le film de François Truffaut, on était rentré chez soi juste avant l'infraction. Tous les soirs, le Lido, le Casino de Paris, le Moulin Rouge refusaient du monde. Chez Maxim's, à la Tour d'Argent ou La Marée, les vainqueurs payaient moitié prix, et ils y dînaient avec les collaborateurs et trafiquants du marché noir, et tous ceux, pas si rares, qui pouvaient s'offrir un repas au prix de plusieurs jours de salaire. «*Heute! Ganz Gross! Hinein!*», dit la réclame de l'ABC, boulevard Poissonnière.

Les Allemands étaient là, et, lapalissade, les artistes qui n'étaient pas ailleurs étaient là aussi. À Arletty, qui lui racontait son choc face à l'immense croix gammée sur les Champs-Élysées, Sacha Guitry aurait répondu: «Puisqu'on ne peut pas les mettre dehors, tâchons de les mettre dedans.»

Il serait malvenu de décréter, des décennies après l'Occupation, qu'un comédien, une chanteuse auraient dû s'interdire de monter sur les planches, alors qu'on ne sait soi-même ni jouer la comédie ni chanter... On peut bien écrire sous pseudonyme, mais allez donc jouer Feydeau en cachette. Aurais-je vécu à cette époque et écrit des romans que sans doute j'aurais tenté de les publier, las d'attendre une hypothétique libération du pays. Ma lâcheté et ma compromission se seraient-elles arrêtées là? Serais-je allé jusqu'à publier aux Éditions Balzac, comme Jean Anouilh, des *Pièces noires*, ou Brasillach *Les Quatre Jeudis*, en sachant que cette maison «Balzac» qui s'appelait naguère Calmann-Lévy, était «aryanisée», c'est-à-dire volée à des Juifs et confiée à des mafieux? À cette question comme à d'autres, Pierre Bayard, dans son *Aurais-je été résistant ou bourreau?*, répond fort bien, puisqu'il laisse chacun y répondre.

Disons donc que, sans distribuer ici de brevet de Résistance, André Dassary a été mal inspiré de chanter, fût-ce juste, «Maréchal, nous voilà!». Avec le recul, c'était maladroit. En deçà de cette ligne brune que beaucoup ont tout de même franchie, il existe un flou «artistique», justement, une zone un peu trouble, voire fangeuse, qu'il est préférable, si l'on a des idoles, de ne pas trop remuer.

Je savais qu'Édith Piaf, déjà très célèbre, avait continué à se produire à l'ABC. Comment se résigner à l'ombre quand on est de lumière? Résister aux planches quand on sort de la rue? Dans la salle, l'uniforme *feldgrau* côtoyait le frac des beaux quartiers et tous l'écoutaient chanter «Où sont-ils, mes copains qui sont partis un matin faire la guerre?», interpréter «Un coin tout bleu» ou «Tu es partout». Piaf a aussi fait un tour de chant en Allemagne, ce qu'on lui reprochera. Ce que j'ignorais, c'est qu'elle avait élu domicile au troisième étage d'une luxueuse maison close, un lupanar fort chic où résidents et visiteurs – officiers allemands, collaborateurs et membres de la Gestapo dont le siège était à deux pas, rue Lauriston – sabraient le champagne en tartinant du caviar. *La Môme*, le biopic d'Olivier Dahan avec Marion Cotillard, enjambe allègrement ces cinq années peu glorieuses. J'ai aussi découvert, en écrivant ce livre, que son partenaire à l'ABC et compagnon de l'époque était le comédien Paul Meurisse. J'avais toujours associé Meurisse, que j'admire, à la Résistance, sans doute parce que quelques années plus tard il avait incarné des chefs de réseau, dans *Marie-Octobre* de Julien Duvivier, puis dans *L'Armée des ombres* de Melville. C'était un bon acteur et la vie, comme les films en noir et blanc, est en réalité en nuances de gris.

Il y a loin du boulevard Poissonnière parisien à la rue du Bourg dieulefitoise. Mais les chansons voyagent, et Simone fredonnait peut-être «Mademoiselle Swing» d'Irène de Trebert, et André «Swing, swing, madame» de Reda Caire, deux tubes d'avant-1943, année où Vichy décida d'interdire le swing… «Je me souviens de Reda Caire», commence Georges Perec dans son *Je me souviens*.

Simone et André avaient même à coup sûr un ami plus fortuné qu'eux, heureux propriétaire d'une phono-valise à aiguille, peut-être un gramophone à manivelle La Voix de son maître. Et ils l'emportaient dans les bories pour danser la nuit sur quelques 78 tours de ce jazz américain «dégénéré». Peut-être se sont-ils embrassés sur du Glenn Miller, «Moonlight serenade», ou en écoutant «Summertime», chanté par Billie Holiday? J'ai envie de le croire.

Il y a peu de chance en revanche qu'en se promenant dans Dieulefit, les deux amoureux aient croisé un de ces zazous aux cheveux longs et gominés qui, à Paris, descendaient le Boul'Mich ou s'installaient à la terrasse du Pam-Pam sur les Champs-Élysées. Dans *Vercoquin et le plancton*, Boris Vian décrivait ainsi l'animal: «[…] le mâle portait une tignasse frisée et un complet bleu ciel dont la veste lui tombait aux mollets […] la femelle avait aussi une veste dont dépassait d'un millimètre au moins une ample jupe plissée en tarlatane de l'île Maurice.» Le zazou était ainsi une drôle d'espèce, sans doute l'expression de révolte d'une jeunesse dorée, dandy et parisienne qui rejetait le conformisme vichyste sans pour autant désirer s'engager.

Non, je n'imagine pas André et Simone en zazous. Et moi, jeune Parisien, dans cet accoutrement? J'espère que non. La tignasse frisée exigée, par chance, eût été un frein.

*

À Dieulefit, il y avait un cinéma, l'Éden. Il y en a toujours un, le Labor, mais l'Éden a disparu. Il a laissé place à l'hôpital, et son programme durant l'Occupation s'est perdu avec la destruction du bâtiment. Il est vain d'espérer retrouver toute annonce dans les journaux locaux. Pourquoi gâcher du papier à mentionner les films qu'il projette, alors qu'il est impossible de s'y rendre, sans essence et sans véhicules. À l'époque, il n'y a qu'une voiture pour vingt habitants, et dans la Drôme, une pour quarante. Il y en a moins de dix à La Paillette, encore la plupart sont-elles des utilitaires et appartiennent-elles à des artisans. D'ailleurs le père d'André, Jean, boulanger, possède une déjà vieille Peugeot 201 T. Mais pourquoi brûler du carburant pour aller au cinéma, alors qu'il y a des vélos?

Heureusement, le Comité d'organisation de l'industrie cinématographique a conservé une trace partielle de ce qui a été projeté: plus de soixante films en moins de quatre ans. À en regarder la liste, même très incomplète, la programmation est en retard sur Paris de un an, voire deux. *La Fin du jour*, cette comédie merveilleusement cruelle réalisée en 1939 par Julien Duvivier avec Louis Jouvet et Michel Simon, ne sera projeté qu'en mars 1942. *Les Inconnus dans la maison*, d'Henri Decoin avec Raimu, Juliette Faber et l'admirable Noël Roquevert, est projeté fin octobre 1942. Mais il y a toutes les raisons de penser que l'Éden changeait de programmation presque chaque semaine et assurait au moins chaque fois trois ou quatre séances.

Car durant l'Occupation, la France, qui manquait de pommes de terre, d'essence, de charbon et de vaillance, allait au cinéma. En dépit de tout, la fréquentation était presque restée la même qu'avant-guerre, où chaque Français y allait chaque mois en moyenne, presque quatre fois plus qu'aujourd'hui.

Bien sûr, certains acteurs et réalisateurs avaient émigré, de Jean Renoir à René Clair, de Louis Jouvet à Michèle Morgan, mais beaucoup étaient restés, et tous ou presque travaillaient : Marcel L'Herbier, Clouzot, Autant-Lara, pour les réalisateurs, et chez les comédiens Fernandel, Raimu, Fernand Gravey, Arletty, Jules Berry, Pierre Brasseur... Pour tout avouer, la production nationale vivait un âge d'or : la concurrence américaine et britannique avait disparu des écrans, et, les spectateurs boudant les grosses machines de propagande allemandes, quatre films sur cinq étaient français. En quatre ans, on en tournera près de deux cents.

Pour Noël 1941 sont projetés à l'Éden deux films américains de la fin des années trente et du début des années quarante, *Le Retour de Zorro* et *Le Signe de Zorro*. Légère digression pour les cinéphiles : le futur Indiana Jones empruntera beaucoup au héros de ces deux *Zorro*, qui n'est d'ailleurs pas Zorro, alias Diego de la Vega, mais son neveu : James Vega pilote des avions, escalade des gratte-ciel et surtout, comme Harrison Ford, il manie fort bien le fouet. Cette semaine de la Saint-Sylvestre 1941 est aussi projeté *Le Récif de corail*, un film désormais bien oublié avec Jean Gabin et Michèle Morgan.

La censure n'était guère le souci du programmateur de l'Éden : depuis le 7 décembre, date où les États-Unis sont entrés en guerre après l'attaque japonaise sur Pearl Harbor, les films américains sont interdits. Et depuis six mois, Morgan a quitté la France pour Hollywood, bientôt rejointe par Gabin : la revue *Photoplay* a même publié un reportage sur lui sous le titre « *Escaped from the Nazis* ». Drôle de fin d'année pour un pays sous domination vichyste, mais les autorités sans doute ont d'autres chats à fouetter que de surveiller les programmes de l'Éden.

Dans la liste des films, dont beaucoup sont pour moi inconnus – *Mon oncle de Normandie* ? *Berlingot en compagnie* ? –, un titre attire l'œil : c'est *Macao, l'enfer du jeu*, de Jean Delannoy. Le film avait été tourné en

1939, l'invasion allemande avait interdit sa sortie et il aura fallu attendre 1942 pour qu'il soit sur les écrans. Mais le film qu'ont (peut-être) vu Simone et André – eh oui, j'ai décidé que de temps en temps, lors de ses permissions, André irait au cinéma – est une version coupée et remontée par la censure allemande. On touche là au fond l'obsession nazie : il faut retourner les scènes où apparaît le célèbre acteur qui s'est choisi pour devise « l'homme que vous aimez haïr » : Erich von Stroheim, le formidable officier allemand de *La Grande Illusion* de Jean Renoir. Il faut retourner, oui, car en dépit du « von » aristocratique qu'il a ajouté à son nom, Stroheim est juif. Jean Delannoy accepte de l'effacer.

Von Stroheim s'en moque tout à fait, il est aux États-Unis et joue *Arsenic et vieilles dentelles* à Broadway. Mais l'ironie est qu'il aura tout de même sa revanche : en 1943, sur les écrans américains sort *Les Cinq Secrets du désert*, un film de Billy Wilder où il joue le rôle du maréchal Erwin Rommel lui-même, autre « homme que vous aimez haïr ».

Von Stroheim et Billy Wilder, émigré autrichien, incarnent à eux deux la terrible réponse de Wilder quand on lui demande s'il est optimiste ou pessimiste : « Pessimiste. Les pessimistes sont à Hollywood. Les optimistes sont à Auschwitz. »

Sans doute, début 1944, même si je ne le vois pas dans la liste, les Dieulefitois ont pu voir *La Nuit fantastique*, le grand succès de Marcel L'Herbier en

1942. J'aime penser qu'en sortant de la salle obscure, Simone a pu dire à André, en riant : « Comment que tu causes, on dirait un dictionnaire... » Les deux jeunes gens ont-ils aimé *L'assassin habite au 21*, ce film formidable d'Henri-Georges Clouzot sorti en 1942 ? Et *La Main du diable*, de Maurice Tourneur, et *Le Capitaine Fracasse*, d'Abel Gance ? Ont-ils pu voir *Les Visiteurs du soir* ? Ont-ils parlé de la décision de Marcel Carné de placer l'action au Moyen Âge pour contourner la censure allemande ? Auraient-ils accepté la lecture d'aujourd'hui, où la vulgate veut que le baron Hugues incarne Pétain, le diable Hitler, et les amants les résistants dont le cœur, à la toute dernière scène, bat sous la pierre ?

Peut-être. Mais Simone et André n'ont pas pu voir le film le plus coûteux de la guerre, le *Titanic* financé par Goebbels. Car oui, avant Leonardo DiCaprio et Kate Winslet, il y eut Sybille Schmitz et Hans Nielsen. Et avant James Cameron, il y avait eu Herbert Selpin. C'est une parenthèse de plus, mais vous avez désormais l'habitude.

Joseph Goebbels voulait un beau film de propagande antibritannique, un film à gros budget qui illustre la cupidité des actionnaires anglo-saxons et glorifie la race allemande. Résumons le scénario : au mépris de toute sécurité, et en dépit des avertissements du courageux officier allemand Petersen, l'infâme propriétaire Bruce Ismay lance son luxueux paquebot à pleine vitesse dans l'océan Atlantique.

Un iceberg – qui n'est pas un nom juif, blague tout aussi inévitable que l'iceberg – est sur son chemin. La suite est connue, froide et salée. Malgré la panique générale, Petersen sauve le plus de passagers qu'il peut, et même, magnanime, l'ignoble Ismay, afin qu'il rende compte de ses crimes.

Goebbels fait réhabiliter le *Cap Arcona*, magnifique paquebot désaffecté qui rouille à Gotenhafen, une base navale de la Baltique. Et comme metteur en scène, le chef de la propagande choisit Herbert Selpin.

Dans les années vingt, Selpin a été assistant sur le *Faust* de Murnau, puis il a travaillé pour la Fox. La dictature d'Hitler et l'exil des plus grands, de Fritz Lang à Billy Wilder, Marlene Dietrich ou Peter Lorre, ont donné leur chance à beaucoup de seconds couteaux, et il a déjà réalisé des films de propagande, et même, argument décisif, tourné des scènes maritimes.

Goebbels attend beaucoup du tournage de *Titanic* et il fait tout pour qu'il réussisse. Hermann Goering lui reproche même de dégarnir le front de l'Est à force de recruter des hommes comme figurants. C'est un mauvais calcul : les marins de la Kriegsmarine sont pour beaucoup des ivrognes, des brutes, il y a des viols en coulisse, des vols de matériel, des bagarres et des scènes d'ébriété sur le plateau. Le tournage, qui a commencé début 1942 et devait durer un mois, prend d'abord un peu de retard, puis beaucoup. Selpin est excédé, et un soir d'été, alors qu'il dîne avec le coscénariste du film, son ami Walter Zerlett-Olfenius, il évoque pêle-mêle, lui-même éméché, la discipline de l'armée allemande, l'avenir du Troisième Reich et l'intelligence de Joseph Goebbels. Imprudence funeste, car Zerlett-Olfenius le dénonce à la Gestapo. Selpin doit s'expliquer devant Goebbels. Accusé de propos défaitistes, il est arrêté le 31 juillet 1942.

On l'envoie pour la nuit au quartier général de la police d'Alexanderplatz, à Berlin, et au matin, on le retrouve mort dans sa cellule, pendu avec ses bretelles de pantalon. La Gestapo, sur ordre de Goebbels, a chargé deux de ses hommes de l'assassiner.

Un réalisateur moins réputé encore, Werner Klingler, un ancien d'Universal Studios, se charge de tourner les dernières scènes et de monter le film. Mais on est déjà en février 1943. L'Allemagne, naguère préservée de la guerre qu'elle menait au monde entier, est désormais sous les bombes des Alliés, de Hambourg à Berlin. Les scènes de panique que présente le film catastrophe en rappellent d'autres, dans les villes allemandes. Lors de la première projection privée, Goebbels juge le film par trop défaitiste et tranche : il ne sortira pas sur le territoire du Reich. Les Parisiens, eux, le verront fin 1943, mais pas le nom de Selpin au générique.

Titanic se voulait la métaphore de l'effondrement de l'Angleterre. Son tournage a viré à l'allégorie catastrophique et piteuse de l'Allemagne nazie.

André et Simone n'auront jamais vu *Titanic*, mais j'aurais tant voulu qu'ils découvrent *Les Enfants du paradis*, que Simone ait pu faire son Arletty et dire à l'oreille de son amant : « Dieulefit est tout petit pour ceux qui s'aiment comme nous d'un aussi grand amour. » Carné avait fini de tourner le film aux studios de la Victorine, à Nice, le 20 juin 1944, deux jours après la mort de Célestin Reynier. Le réalisateur avait contourné toutes les difficultés : Vichy a interdit les longs-métrages de plus de deux mille sept cents mètres de pellicule, mais *Les Enfants du paradis*, ce sera cinq mille mètres de bobines pour trois heures de film. Le satin et le velours sont introuvables, les costumières utilisent des draperies, qui, elles, ne sont pas rationnées. Enfin, le casting pléthorique subit des défections, comme celle du comédien Robert Le Vigan, antisémite notoire, qui, sentant que le vent tourne, fuit avec Louis-Ferdinand Céline et quelques autres à Sigmaringen.

La France se libère, et *Les Enfants du paradis* ne sortira sur les écrans qu'en 1945. Et le film, comme le *Titanic* de Goebbels, est une parabole, le reflet de la complexité mosaïque de la France de l'époque : Jacques Prévert, ancien compagnon de route du Parti communiste, œuvre pour la Résistance, l'homosexuel Marcel Carné fait travailler sous un prête-nom deux Juifs hongrois, les extraordinaires Joseph Kosma, compositeur, et Alexandre Trauner, «Trau», décorateur, qui ont tous deux déjà travaillé avec le tandem Carné-Prévert sur *Les Visiteurs du soir*, tandis qu'Arletty, enceinte d'un officier allemand, avorte pendant le tournage : on lui pardonnera après-guerre, puisqu'on le sait, son cœur «est français» et son cul «international».

Même si deux ans séparent leur sortie, il faudrait raconter ces deux tournages en parallèle, celui de *Titanic* et celui des *Enfants du paradis*, l'un dans la terreur et l'autre dans la liberté «malgré».

Puisque, durant l'Occupation, rien ne se crée sinon «malgré», parfois «contre», et le tout se dit «faire avec».

ANDRÉ, JULES ET JIM

Quand j'ai appris de sa cousine Huguette qu'André fumait la pipe, et « avec une grande élégance », le visage d'Henri Roché a surgi. Sur son portrait par Man Ray, lui aussi y fumait la pipe « avec une grande élégance ». André, croisant rue du Bourg Henri Roché, n'avait pu qu'être impressionné par la prestance de cet homme déjà âgé.

Henri Roché, dit Henri-Pierre Roché, a traversé le siècle avec tant de discrétion qu'on a le droit d'ignorer son nom. Disons déjà qu'il publiera en 1953 son premier roman, *Jules et Jim* : c'est bien tardif, car il a soixante-quatorze ans. Le film de François Truffaut, sorti presque dix ans plus tard, est bien plus célèbre que son livre au succès modeste, et Roché mourra en 1959 sans l'avoir vu. Truffaut aura eu malgré tout le temps de lui montrer une photographie de l'actrice pressentie, et Roché aura jugé que oui, Jeanne Moreau serait une merveilleuse Kathe.

Mais où est écrit le premier paragraphe de *Jules et Jim*? À Dieulefit, douze ans plus tôt, en 1941.

Henri Roché, donc. L'homme est d'abord un incroyable passeur, et grâce à lui, ils seront nombreux à se rencontrer. Rentier et dandy au début du siècle, Henri a vingt ans quand il fréquente le Bateau-Lavoir à Montmartre, La Ruche à Montparnasse. Il voudrait écrire, mais ne croit pas en son talent. Au vu de ses rencontres et amitiés, oser créer n'est sans doute pas facile. On va lâcher ici beaucoup de noms et l'on s'en excuse d'avance, d'autant que leur célébrité se reconnaît à la superfluité des prénoms. Henri Roché est l'ami de Pablo Picasso, Guillaume Apollinaire, Max Jacob, du peintre Diego Rivera, d'Erik Satie, de Blaise Cendrars, déjà lui… Il boxe avec le peintre André Derain, il initie Gertrude Stein à l'art moderne, il lui fait acheter des tableaux de Picasso, il prête à Man Ray l'argent pour s'installer à Paris. Dans l'entre-deux-guerres, contraint de travailler et passé de collectionneur à marchand d'art, il est aussi bien l'ami de Marcel Duchamp que de Gaston Gallimard, son futur éditeur, qui dira de lui qu'il aurait dû faire une grande carrière, « mais qu'il n'y tenait probablement pas ».

Et surtout, juste avant la Première Guerre mondiale, au cercle de la Closerie des Lilas, il rencontre un jeune désœuvré talentueux, qui deviendra son meilleur ami : l'écrivain allemand Franz Hessel, futur traducteur de Proust et père de Stéphane Hessel. C'est leur histoire d'amour avec la même femme, Helen Grund, qu'épousera Hessel, qui servira de trame à *Jules et Jim*. Franz sera Jules, Henri sera Jim, et Kathe incarne Helen qui, dans la vraie vie, ne s'est jamais suicidée. Tous les livres de Roché, de *Jules et Jim* aux *Deux Anglaises et le continent* – encore un film de Truffaut – graviteront autour du soleil de l'amour libre, de l'amitié et de la confusion des sentiments.

Si Roché commence à écrire *Jules et Jim* à Dieulefit, en mars 1941, c'est sans doute parce qu'il y a appris la mort, deux mois plus tôt, de Franz. Hessel venait d'être libéré du camp de déportation des Milles, une antichambre d'Auschwitz près d'Aix-en-Provence pour les sujets « ennemis » du Reich. Libéré, certes. Mais il n'a pas survécu à la dysenterie qu'il y a contractée.

Henri-Pierre Roché restera trois ans à Dieulefit. Alors oui, André comme Simone ont évidemment croisé de nombreuses fois ce « monsieur Roché », figure reconnaissable de la petite cité, élégant sexagénaire à la longue silhouette, presque maigre, au profil d'aigle. Roché enseigne à l'école de Beauvallon, et il y est même logé, avec sa femme Denise et son fils Jean-Claude. Contre une heure de conversation anglaise avec les adolescents, chaque lundi, on lui prête une chambre-bureau dans les combles, où il écrit son roman. Mais il leur enseignera aussi les échecs, ce « sport » qu'il pratique avec Marcel Duchamp, la gymnastique, et bien sûr la boxe. On m'a dit qu'André, lui aussi, pratiquait la boxe. Se pourrait-il que... ? L'idée est troublante, romanesque même, mais faut-il y céder ?

*

Beaucoup a été écrit sur Dieulefit, cette petite ville industrielle et artisane qui sauva tant d'enfants et d'adolescents juifs de l'extermination. Sans doute parce que Roché les y convie, beaucoup d'artistes vont venir y trouver un abri, et en 1941, près d'un habitant sur trois est un réfugié, presque un par foyer : on aurait pu rencontrer dans les rues ou à la terrasse des quelques cafés les poètes Pierre Seghers et Pierre Emmanuel, le philosophe Emmanuel Mounier, fondateur de la revue *Esprit*. Sur une photo, ils posent en souriant à l'entrée du bourg. On peut croiser aussi la pianiste Yvonne Lefébure, sans oublier ceux, si nombreux, qui ne firent qu'y séjourner un mois ou deux, comme Louis Aragon et Elsa Triolet, recherchés par la Gestapo. Tous cohabitaient dans les fermes et les soupentes avec des Juifs autrichiens, des communistes allemands, des républicains espagnols. Pendant la guerre, Dieulefit fut à la fois selon la Gestapo de Lyon un « nid de communistes et de juifs », et à en croire l'écrivaine Andrée Viollis ou l'historien Pierre

Vidal-Naquet, la « capitale intellectuelle de France ». Tous ont peut-être raison et ceci expliquerait cela.

On connaît, de l'autre côté du Rhône, en Haute-Loire, Le Chambon-sur-Lignon, autre bourg de trois milliers d'âmes – le cliché est ici pleinement justifié –, et les époux Trocmé, fondateurs de « l'école nouvelle cévenole » : le réseau informel du pasteur Trocmé accueillit et cacha plus de trois mille réfugiés, dont un tiers de Juifs. Parmi eux, il y eut l'écrivain André Chouraqui, l'historien Léon Poliakov, et le futur génie mathématique Alexandre Grothendieck, dont le hasard a voulu que je croise le chemin trente ans plus tard, lorsque j'avais moi aussi dix-sept ans. En écrivant cette phrase, je sais bien que je suis cette petite silhouette qu'on place sur les photos à côté des Pyramides pour donner la mesure de leur taille, mais tant pis. En 1942, Albert Camus était aussi venu au Chambon quelques mois, il y avait écrit *Le Malentendu*, et travaillé à *La Peste*, qu'il publierait cinq ans plus tard.

À Dieulefit comme au Chambon, la solidarité s'était bâtie autour d'une école, celle de Beauvallon. C'est un vaste bâtiment clair, construit au début du siècle dernier, situé sur les hauteurs, au nord de la rue des Reymonds qui conduit à La Paillette. C'est aussi rue des Reymonds que se trouvait l'un des locaux des Céramiques de Dieulefit, où André avait été embauché comme apprenti. Si l'on marchait de l'école de Beauvallon vers le centre de Dieulefit, on passait au bout d'un quart d'heure devant l'atelier.

Trois femmes la dirigeaient, elles s'appelaient Simone Monnier, Catherine Krafft, et surtout Marguerite Soubeyran. Cette dernière était célèbre : un courrier adressé à « Marguerite, de la Drôme », arriva à bon port. « Tante Marguerite » et Catherine Krafft l'avaient fondée en 1929, pour accueillir des « enfants difficiles », les faire grandir à l'air pur des collines drômoises. Jean Piaget, le biologiste et psychologue suisse, était venu guider leurs premiers pas d'enseignantes. Marguerite venait d'adopter son fils Guy, et pour Catherine et elle, l'école-pilote de Beauvallon, cette «république d'enfants», était ce qu'on appelle aujourd'hui un projet de vie. Elle est alors si réputée que le magazine *Marie Claire*, en mars 1943, consacrera plusieurs pages à cette «école d'excellence», oubliant de mentionner dans le reportage que plus d'un enfant sur deux est en vérité un enfant caché, qui risque la déportation.

D'autres livres racontent l'aventure du lieu, le courage de ces femmes, leur liberté, y compris amoureuse. Marguerite, communiste, protestante, lesbienne, était une femme à l'énergie indomptable et au courage inouï car spontané. On dira seulement que durant ces années noires, l'école hébergea des centaines d'enfants, juifs pour beaucoup, qu'une secrétaire de mairie de vingt ans, Jeanne Barnier, fabriqua des milliers de faux papiers, que le village les aida sans bruit, tout cela alors que Vichy avait placé début 1941 à l'hôtel de ville un colonel à sa botte. Ce maire vichyste, le colonel Pizot, qui collait pourtant dans les rues les affiches antisémites du régime, savait beaucoup. Lorsque, en 1943, il donne à sa secrétaire une promotion, est-ce parce qu'il préfère fermer les yeux, l'issue de la guerre étant, disons, incertaine pour les collaborateurs trop zélés ? On a le droit de penser que Pierre Pizot est plutôt un homme pris sans l'avoir voulu dans un engrenage vertueux.

L'historien anglais Thomas Fuller a écrit que « beaucoup seraient lâches s'ils en avaient le courage ». Cette phrase m'a toujours rassuré. Si l'héroïsme aussi contient sa part de conformisme, alors me voilà absous de la veulerie potentielle que je pressens en moi. Mais l'aphorisme de Fuller ne dit bien sûr rien des gens vraiment courageux.

Lâche, c'était sans doute plus difficile de l'être à Dieulefit qu'ailleurs. Dans la ville cohabitaient et cohabitent encore deux communautés : la catholique, tolérante, et la protestante, de même taille, historiquement plus riche, des « parpaillots » pour qui résister est une tradition depuis Louis XIV et les dragonnades d'un certain ministre de la Guerre Michel Le Tellier, dit Louvois. Catholiques et protestants, tous solidement républicains, ont permis ce « miracle du silence » grâce auquel tout se fit dans l'ombre et au soleil.

Il est un véritable prodige : malgré les rumeurs qui courent sur l'hébergement de Juifs et d'opposants, jamais l'armée allemande ne décidera de semer la terreur à Dieulefit, et aucune division de panzers, aucun *feldgendarme* ne mettra la ville à sac, ne fusillera d'otages. Il y aura bien, de temps en temps, un side-car de la Wehrmacht pour traverser la place Chateauras. Mais sans dénonciation, il n'y a pas eu d'arrestation, et aucun gestapiste n'est venu en nombre, comme à Izieu le 6 avril 1944, rafler les enfants. Et lorsque, début août, une opération d'envergure fut envisagée, le débarquement allié de la Côte d'Azur la fit avorter.

Après la guerre, chacun pour soi repartira dans la vie et son tourbillon, comme dit la chanson de *Jules et Jim*. Marguerite Soubeyran, Catherine Krafft, Jeanne Barnier, toutes ont continué, sans rien changer. Aujourd'hui, l'école de Beauvallon existe encore. Elle poursuit modestement son travail éducatif.

Mais il est un jeune homme qui travailla à Beauvallon avec « tante Marguerite » dont André était forcément le camarade, et qu'il convient de mentionner : François Soubeyran. Son nom est un indice : Marguerite était vraiment sa tante.

Oui, André Chaix ne pouvait pas ne pas le connaître. François Soubeyran était le fils d'un fermier de Montjoux, il n'avait que cinq ans de plus qu'André et leurs trajectoires se ressemblent. François lui aussi était entré dans un maquis FTP en 1943. Si la vie d'André ne s'était pas arrêtée brutalement le 23 août 1944, il aurait sans doute, comme François, suivi avec ses camarades la 1re armée de Lattre jusqu'à Paris.

Arrivé dans la capitale, qu'aurait fait André ? François, lui, y deviendra comédien. Il jouera Queneau, Kosma, Prévert puis Vian : le lecteur qui ignorait son nom a désormais des chances de reconnaître ce type dégingandé qui gesticule sur scène en collant noir et plastron rouge. François Soubeyran est devenu le « grand » des quatre Frères Jacques. Lorsqu'ils chantaient « La Marie-Joseph », il était le mât de l'embarcation, et celui qui mimait l'escabeau dans « La Confiture ». Il était aussi celui au léger accent drômois. Lorsque, après presque quarante ans de carrière, le groupe se dissout, François, sexagénaire, reviendra à La Paillette pour retourner à une autre passion, la céramique.

Alors on peut rêver, se demander si André aurait aimé devenir un cinquième « Frère Jacques », à plastron violet par exemple. On objectera que les Beatles ont fait du bon boulot à quatre, je répondrai que les Beach Boys étaient cinq. Je le concède, j'aurais dû prendre un meilleur exemple. Mais je tiens que tout est plausible, et que le destin est une vaste plaisanterie, voire une arnaque. Pourquoi un André, qui sait monter en équilibre debout sur un cheval, ne serait-il pas devenu artiste ?

ANDRÉ DANS LE MAQUIS

C'est une simple page déchirée, pliée en quatre, au papier desséché, jauni, fragile. On ose à peine la manipuler. Elle se trouve dans cette boîte «André» que l'on m'a confiée. André l'avait rangée dans son portefeuille de cuir. Elle ne le quittait donc jamais.

C'est la page recto verso foliotée 17-18 d'un livre, *Le Tour de la France par deux enfants.* Il raconte le périple de deux frères, André et Julien Volden. André a quatorze ans, Julien à peine sept ans. Ils ont perdu leur mère quelques années plus tôt, et quand leur père, un charpentier, meurt lui aussi, les deux orphelins vont devoir traverser la France pour rejoindre un oncle à Marseille. Ils partent de Phalsbourg, ville de Lorraine annexée par les Prussiens, et commence alors un récit à la fois patriotique et républicain. Il est d'ailleurs sous-titré *Devoir et patrie.*

Des millions d'élèves découvriront à l'école ce «livre de lecture courante», puisqu'il sera «au programme» dès 1877 et pendant presque un siècle, et connaîtra des centaines de rééditions, pour le bonheur de son éditeur Belin et de son banquier. L'auteur est une autrice, Augustine Fouillée, mais elle signe G. Bruno, hommage transparent à Giordano Bruno, philosophe copernicien que le Vatican a brûlé vif pour hérésie. À partir de 1906, dans les rééditions, la dreyfusarde Augustine Fouillée ôtera toute référence à la religion et à Dieu.

En cent vingt et un très courts chapitres, l'ouvrage montre combien les Français sont un peuple composite, à l'histoire riche, il enseigne les différences, ce qu'on n'appelle pas encore l'altérité ni la diversité. Mais il veut d'abord instruire : grâce aussi à « plus de 200 gravures instructives pour les leçons de choses », André, qui porte donc le prénom de l'aîné des deux enfants, a pu y découvrir la vie de Vercingétorix comme y apprendre le barattage du beurre, et sans nul doute le cinéma, présent dans le livre dès qu'il a été inventé.

Et ce passage qu'André a dû lire et relire, il ne l'a pas choisi au hasard, il raconte comment le savoir peut dompter la peur, comment les cartes sauvent une vie :

VIII. – Le sentier à travers la forêt. – Les enseignements du frère aîné. – La Grande Ourse et l'étoile Polaire.

Le frère aîné doit instruire le plus jeune par son exemple et, s'il le peut, par ses leçons.

piter : c'est le moyen de retrouver bientôt le vrai sentier.

Quand la brune fut venue, André et Julien se remirent en route, après avoir remercié de tout leur cœur le garde Fritz, qui de son lit leur répétait en guise d'adieu :

« Courage, courage ! avec du courage et du sang-froid on vient à bout de tout. »

VIII. — **Le sentier à travers la forêt. — Les enseignements du frère aîné. — La grande Ourse et l'étoile polaire.**

Le frère aîné doit instruire le plus jeune par son exemple et, s'il le peut, par ses leçons.

A l'ouest, derrière les Vosges, le soleil venait de se coucher ; la campagne s'obscurcissait. Sur les hautes cimes de la montagne, au loin, brillaient les dernières lueurs du crépuscule, et les noirs sapins, agitant leurs bras au souffle du vent d'automne, s'assombrissaient de plus en plus.

Les deux frères avançaient sur le sentier, se tenant par la main ; bientôt ils entrèrent au milieu des bois qui couvrent toute cette contrée.

Julien marchait la tête penchée, d'un air sérieux, sans mot dire. — A quoi songes-tu, mon Julien ? demanda André.

— Je tâche de bien me rappeler tout ce que disait le garde, fit l'enfant, car j'ai écouté le mieux que j'ai pu.

— Ne t'inquiète pas, Julien ; je sais bien la route et nous ne nous égarerons pas.

— D'ailleurs, reprit l'enfant de sa voix douce et [illegible] si l'on s'égare, on reviendra tranquillement sur ses pas, sans avoir peur, comme le garde a dit de le faire, n'est-ce pas, André ?

— Oui, oui, Julien, mais nous allons tâcher de ne pas nous égarer.

— Pour cela, tu sais, André, il faut regarder les étoiles à chaque carrefour ; le garde l'a dit, je t'y ferai penser.

— Bravo, Julien, répondit André, je vois que tu n'as rien perdu de la leçon du garde ; si nous sommes deux à nous souvenir, la route se fera plus facilement.

— Oui, dit l'enfant ; mais je ne connais pas les étoiles par leur nom, et je n'ai pas compris ce que c'est que le grand Chariot.

[...] Les deux frères avançaient sur le sentier, se tenant par la main; bientôt ils entrèrent au milieu des bois qui couvrent toute cette contrée.

Julien marchait la tête penchée, d'un air sérieux, sans mot dire.

— À quoi songes-tu, mon Julien ? demanda André.

— Je tâche de bien me rappeler tout ce que disait le garde, fit l'enfant, car j'ai écouté le mieux que j'ai pu.

— Ne t'inquiète pas, Julien; je sais bien la route, et nous ne nous égarerons pas.

— D'ailleurs, reprit l'enfant de sa voix douce et résignée, si l'on s'égare, on reviendra tranquillement sur ses pas, sans avoir peur, comme le garde a dit de le faire, n'est-ce pas, André ?

— Oui, oui, Julien, mais nous allons tâcher de ne pas nous égarer.

— Pour cela, tu sais, André, il faut regarder les étoiles à chaque carrefour; le garde l'a dit, je t'y ferai penser.

— Bravo, Julien, répondit André, je vois que tu n'as rien perdu de la leçon du garde; si nous sommes deux à nous souvenir, la route se fera plus facilement.

— Oui, dit l'enfant; mais je ne connais pas les étoiles par leur nom, et je n'ai pas compris ce que c'est que le Grand Chariot.

André, son grand frère, lui expliquera. Dans le livre, bien sûr, on trouve un dessin de la constellation, car « il est utile d'apprendre à connaître dans le ciel les étoiles qui forment la constellation du Grand Chariot, cette Grande Ourse que les Mésopotamiens déjà décrivaient. Près d'elles on aperçoit l'étoile Polaire, qui marque exactement le nord et indique la nuit les points cardinaux».

La page qu'André Chaix tient avec lui n'est pas illustrée. C'est inutile. Le jeune maquisard reconnaît la Grande Ourse, Orion et Cassiopée, et aussi beaucoup d'autres. Il a compris depuis l'enfance que le jour comme la nuit, on peut se perdre dans les chemins des forêts de la Drôme. Il n'y a d'ailleurs plus tant de forêts que ça en 1943. Le paysage autour des villages s'est dénudé. La céramique et ses fours n'y sont pas pour rien, mais depuis trois ans que le fuel et le charbon se font rares, on déboise pour se chauffer, tout en vivant chez soi bien couvert. Depuis, les chênes verts, les hêtres et les châtaigniers ont reconquis les flancs des collines.

Je prends le pari qu'André sait aussi siffler dans la forêt, et je sais l'air qu'il siffle. Les maquisards ont un chant de ralliement, l'indicatif d'une émission de la France libre, «Honneur et Patrie», diffusée par la BBC depuis le 17 mai 1943. Deux fois par jour, l'air y est sifflé, justement pour qu'il puisse être reconnu malgré le brouillage ennemi. Tous ne connaissent pas par cœur les paroles du «Chant des partisans» qu'ont écrites Joseph Kessel et Maurice Druon, cet «Ami, entends-tu le vol noir des corbeaux sur nos plaines», mais ils savent tous la mélodie entêtante d'Anna Marly. Il est bon que la liberté ait sa chanson.

Le maquis Morvan, lui aussi, a la sienne, l'hymne du camp Marceau, écrit par un maquisard en novembre 1943, Georges Navarro.

De l'autre côté des Alpes, un jeune maquisard de vingt ans, italien lui, se bat. Il a choisi pour pseudonyme Santiago, puisqu'il est né à Santiago de Cuba, et il n'a pas encore écrit *Le Baron perché*. Italo Calvino combat avec son frère cadet dans la deuxième division d'assaut partisane Garibaldi. La conscription forcée de la République de Salò, régime fantoche soutenu par les nazis, les a précipités dans la guerre. Avant elle, le jeune Italo vivait, comme André peut-être, « dans un monde confortable, serein », sans conscience de la férocité des conflits. Le monde lui apparaissait « comme un arc composé de différentes nuances de moralité et de coutumes, non pas opposées les unes aux autres, mais placées côte à côte ». La guerre et le fascisme vont le conduire à plus de radicalité.

Si Calvino surgit ici, c'est que je songe à un autre chant de partisans, moins guerrier que celui de Kessel et Druon, moins lancinant aussi, un chant dont le jeune Italo a écrit les paroles et Sergio Liberovici composé la musique : « Oltre il ponte ». « Au-delà du pont » parle d'Italo, d'André, de tous ces jeunes gens en armes qui débordaient d'espoir :

> Nous avions vingt ans et au-delà du pont,
> au-delà du pont qui est aux mains de l'ennemi,
> nous avons vu l'autre rive, la vie,
> tout le bien du monde au-delà du pont.
> Tout le mal était devant nous,
> tout le bien était dans nos cœurs,
> à vingt ans la vie est au-delà du pont,
> au-delà du feu, l'amour commence.

*

C'est une affiche qui a fait grossir les maquis. À l'été 1942, on la placarde dans toutes les mairies de

France, et sans doute se trouve-t-elle aussi dans le bureau du colonel Pizot, à Dieulefit : le visage régulier et casqué d'un soldat aryen se dessine sur un ciel d'un rouge crépusculaire, tandis que des ouvriers, sur deux files, de dos, avancent vers des usines aux cheminées fumantes. Il est écrit :

ILS DONNENT LEUR SANG.

DONNEZ VOTRE TRAVAIL

pour sauver l'Europe du bolchevisme.

L'Allemagne manque de bras. Désormais contrainte de renforcer ses effectifs militaires sur trois fronts, l'Afrique du Nord, l'Atlantique et l'Oural, elle recrute de force des travailleurs qualifiés dans les territoires occupés. Pierre Laval, chef du gouvernement, met en œuvre la collaboration. Dans son discours du 22 juin où il prononcera son célèbre «Je souhaite la victoire de l'Allemagne», il instaure la «Relève», euphémisme vichyste pour la réquisition. En France, elle repose d'abord sur le volontariat. Mais devant l'enthousiasme tout relatif des Français, Laval fait promulguer le 4 septembre 1942 une loi de conscription forcée pour tous les hommes de dix-huit à cinquante ans et toutes les femmes célibataires âgées de vingt et un à trente-cinq ans. C'est le «service obligatoire du travail», le SOT, dont les initiales suscitent la raillerie et qu'il rebaptisera quelques jours plus tard le STO.

Mais je ne suis pas certain qu'en 1943, lorsque André Chaix décide d'entrer dans le maquis, ce soit seulement sous la menace du STO. Dans la Drôme comme dans bien des départements ruraux et montagneux, les gendarmes hésitent à traquer et emmener de force les très nombreux jeunes réfractaires. Tout le monde se connaît. Le tournant de la guerre à Stalingrad laisse augurer qu'Hitler sera vaincu, et qu'il y aura alors des comptes à rendre. Parfois, d'ailleurs, André dort chez lui, ou plutôt dans une cabane au bout du potager de la boulangerie. De là il pourrait, en cas de perquisition par les quelques miliciens de Montélimar, s'échapper vers les champs. Il n'en aura jamais besoin.

Je fais donc le pari que c'est plutôt par conviction qu'il a rejoint le maquis de la Lance, du nom du mont qui l'abrite. La ferme où il trouve refuge est à près de mille mètres d'altitude, à dix kilomètres au sud de La Paillette, à autant à l'est de la Roche-Saint-Secret. La montagne est à la fois vaste et sauvage, elle semble imprenable sinon par une armée, et l'on pourrait, en cas d'attaque, fuir aussi bien par les combes que par les sommets.

La vie y est rude : dans cette grange où se cachent les maquisards, on ne peut pas faire de feu, les rations sont maigres et l'armement limité. Tous les résistants ont témoigné de ce triptyque du froid, de la faim et de la peur. Aujourd'hui, on peut visiter cette ferme, une stèle témoigne de leur présence. L'endroit est champêtre, on ne peut imaginer des armes, des coups de feu. Il y pousse des chênes, des buis, et même un cerisier. Deux fois la foudre l'a frappé, mais une branche a toujours fini par repousser.

André a pris comme pseudonyme Olivier, un prénom et un nom d'arbre qui ne pousse pas en Allemagne. Il se plie à la discipline militaire, une exigence essentielle pour être intégré. Les maquis sont de petites unités. Aucun ne dépasse trente hommes et celui de la Lance est l'un des trois les plus actifs. Passent quelques mois, et André est versé dans le premier bataillon « Morvan », du nom de l'homme qui les a tous structurés. En mai 1944, ce bataillon intègre de jeunes Français réfractaires au STO, mais aussi quelques républicains espagnols et un temps, semble-t-il, un Allemand antinazi. Il compte aussi deux femmes, France et Katia, spécialistes en explosifs. Quant au chef de son maquis, il s'appelle Monier, et son chef d'effectif – le CE – Marius Audibert, alias Raymond. Ici, chacun a gagné son grade selon ses capacités d'organisation. Des chefs dépend la sécurité de tous. La vie est si épuisante que certains demandent à Monier ou à Morvan de les laisser rentrer avant qu'ils ne craquent. On leur accorde la permission, toujours, malgré le danger d'une trahison, d'informations qui pourraient être livrées sous la torture.

J'ai retrouvé sur le site du musée de la Résistance une photographie où Raymond pose, à côté de deux maquisards. C'est un tout jeune homme et j'ai d'abord cru qu'il s'agissait d'André. Ils sont en sandales, torse nu, leurs armes sont pour le moins disparates : deux fusils de chasse, un Mauser C96. La photo aurait été prise en mai 1943.

C'est une époque où Churchill rechigne encore à armer les communistes, ces alliés de Staline qui pourraient bien ne pas obéir à Eisenhower. Il s'y décidera enfin lorsque, le 11 novembre 1943, les deux cents maquisards de l'Ain, avec à leur tête Henri Romans-Petit, accompliront un fait d'armes décisif :

ils défilent à Oyonnax, fusils à l'épaule, jusqu'au monument aux morts, le temps d'y déposer une gerbe. Le même jour, le maquis Morvan réalise la même opération, à Laragne, un bourg des Hautes-Alpes, et sans doute André fait-il partie des quarante maquisards qui marchent au pas et rendent hommage aux morts de 14-18. À partir de décembre 1943, Londres est convaincu : les résistants français recevront des armes. Le maquis Morvan, lui, réceptionnera des fusils anglais, des Mauser allemands, des fusils-mitrailleurs BAR, des mitrailleuses MG allemandes et des mortiers légers anglais.

Il faut ici parler, même brièvement, du chef du maquis, de ce « Morvan » à qui André et deux cents autres maquisards obéissaient sans renâcler. «Yves Morvan» était le pseudonyme de Félix Germain, un ouvrier marseillais, communiste, ancien officier de marine, ancien des Brigades internationales d'Espagne. Depuis le début de la guerre, il tentait d'organiser la résistance, sans consignes précises du parti. Lorsque Hitler envahit l'URSS, il se lance et planifie les sabotages dans les Bouches-du-Rhône. Mais très vite la Gestapo le traque, sa femme est arrêtée et déportée à Ravensbrück, où, aussi courageuse et forte que Félix, elle survivra. Lui doit fuir. Il se réfugie début 1943 dans les Alpes, où la direction des FTP lui confie, avec grade de capitaine, le commandement du camp Marceau dans la montagne de Faye. Parmi les quelques unités qu'il commande fin 1943, il y a un bataillon espagnol, et un autre d'antifascistes italiens, qui franchira rapidement les Alpes pour rejoindre la nouvelle armée républicaine italienne. Tout ce que j'ai pu lire sur Morvan m'étonne. Il avait un physique de gorille, un Mauser dans un étui toujours ouvert, et cinq ou six grenades qui brinquebalaient à son ceinturon, pendues par la goupille. Et surtout, ses hommes, qui le vénéraient, l'appelaient «Chicago» parce qu'il roulait dans une traction avant Citroën aux jantes peintes en rouge vif, une mitraillette entre les jambes. J'aime bien.

Parfois, les maquisards s'installent dans un village, pour une halte, où ils attendent les consignes de Londres.

André écrit une lettre, non datée, sur un papier à en-tête de l'hôtel-café Lazare de Sahune, un bourg au sud-ouest de Montjoux et pris dans les montagnes.

Cela peut sembler une étonnante imprudence, mais le canal de transmission est sans doute assez sûr. Sur l'enveloppe est écrit « Boulanger La Paillette » :

« Bien chers parents deux mots pour vous dire que je vais toujours très bien et j'espère qu'il en est de même à la maison. Je suis bien content car tout va bien ici, et l'on est bien vus par la population civile. J'ai fait connaissance avec des gens qui connaissent La Paillette et je suis souvent chez eux

HOTEL-CAFÉ LAZARE

SAHUNE (DROME)

Sahune, le 194

Bien chers parents deux mots pour vous dire que vais toujours très bien et j'espère qu'il en est de même a la maison. Je suis bien content car tous va bien ici, et l'ont est bien vu par la population civile. J'ai fais connaissance ~~d'une~~ avec des gens qui connaissent le Paillette et je suis souvent chez eux si j'y vais pas il vienne me chercher pour aller veillés chez eux le soir enfin ce sont de très grand amis pour moi car ce sont des anciens boulanger qui sont retiré et habite une des plus jolie maison du pays Enfin en ce moment pour moi ces des vacances mais je langui quand même qu'elle ce termine. car tous les 2 jours il faut prendre 24 heures de guarde mais dans le fond ces la planque car lorsque on et de garde on ne fait pas de corvé. Aujourd'hui c'est dimanche et l'ont est au repos. J'espère avoir une perm pour dimanche prochain et je conte etre parmi vous.

Bien chers parent je termine mon court bavardage pour aujourd'hui. Dans l'espoir que ma lettre vous trouvera tous en bonne santé.

Recevez de votre fils frère et cousin les plus tendres affection

Dédé

Donnez pour moi le bonjour au Moise

J'ai écrit a Simone Donnez lui bien le bonjour pour moi

si j'y vais pas ils viennent me chercher pour veiller chez eux le soir, enfin ce sont de très grands amis pour moi car ce sont des anciens boulangers qui sont retirés et habitent une des plus jolies maisons du pays.

Enfin en ce moment pour moi c'est des vacances, mais je languis quand même qu'elles se terminent car tous les deux jours il faut prendre vingt-quatre heures de garde mais dans le fond c'est la planque car lorsqu'on est de garde on ne fait pas de corvée.

Aujourd'hui c'est dimanche et l'on est en repos. J'espère avoir une perm pour dimanche prochain et je compte être parmi vous.

Bien chers parents, je termine mon court bavardage pour aujourd'hui. Dans l'espoir que ma lettre vous trouvera tous en bonne santé.

Recevez de votre fils, frère et cousin la plus tendre affection

Dédé

Donnez pour moi le bonjour au voisin.

J'ai écrit à Simone. Donnez-lui bien le bonjour pour moi.»

J'imagine là encore ce que signifie pour les parents Chaix d'avoir conservé une telle lettre de leur fils mort, une lettre si banale et si quotidienne. Combien de fois ils ont dû la relire en silence. Si n'y surgissaient les mots «population civile», «garde», «corvée», on ne songerait pas à un message de maquisard. J'ai ainsi appris que les maquisards pouvaient avoir des « perm », retourner chez eux le temps d'un dimanche. Et aller au cinéma, donc, voir *Les Visiteurs du soir*. Sur une photographie prise pendant l'une de ces perm, André sourit en tenant par l'épaule son cousin et son frère. En la découvrant, j'ai su que c'était ce sourire que je garderais d'André.

On s'étonne du côté routinier, aussi, quand on imaginait l'aventure et la fièvre. Mais les maquisards ne peuvent pas être toujours à l'offensive, d'autant que Londres les veut disponibles pour des opérations qui servent ses objectifs. La guerre, disait Gabin, c'est pas du cinéma. Un point commun est tout de même qu'on passe son temps à attendre.

On doit un peu s'ennuyer, entre les corvées de bois et le ravitaillement. André a le temps de se fabriquer un fume-cigarette en laiton, à partir d'une cartouche sans doute tirée par un Mauser. On doit se raconter des blagues de partisans. Je vous en propose une. Si elle n'est pas nouvelle pour vous, dites-vous que c'est à André que je la raconte : « Hé, André, tu connais l'histoire des deux partisans qui veulent assassiner Hitler ? »

On est en avril 1942, et deux partisans ont appris qu'Hitler, qui visite Budapest, doit emprunter un pont. Il veut parader debout, à l'avant de sa Mercedes d'apparat décapotable, devant la petite foule qui l'attend. Son cortège doit arriver exactement à midi. Les partisans s'installent longtemps à l'avance, face au pont, ce sont deux tireurs d'élite, il n'y a presque pas de vent, l'air est sec et froid, et de là où ils sont, il est impossible de le rater.

À midi moins le quart, ils sont fin prêts, ils attendent, le doigt sur la détente, l'œil vissé à la lunette. Midi moins cinq. Midi. Midi cinq. Le cortège est un peu en retard. Midi dix. Midi et quart. Pas d'Hitler. Midi vingt. Toujours rien. L'un des partisans, l'air inquiet, se tourne vers son ami :

— Pourvu qu'il ne lui soit rien arrivé.

★

Le groupe de la Lance est moins documenté que d'autres unités du maquis Morvan, et il est difficile de retracer ses actions et ses missions. Les bataillons Morvan sont très mobiles, divisés en petits effectifs, et la mémoire de qui précisément a fait quoi s'est perdue. Mais on sait que le 19 juin, trois bataillons du maquis dont celui d'André, un peu moins de cent hommes, livrent bataille dans les Hautes-Alpes, dans les gorges de Montclus, contre une colonne motorisée de trois cents soldats allemands. Il nous reste une photo d'« après » où l'on reconnaît André. C'est un combat meurtrier, qui dure deux jours, et les maquisards FTP doivent se replier face au nombre, mais ils parviennent malgré tout à récupérer du matériel, dont deux canons de 37 mm et leurs munitions. Ces canons serviront le 22 août contre un détachement allemand au bois de Saint-Pierre, mais ce jour est aussi celui où le 1er bataillon d'André roule vers Grignan et la mort.

Il y a les opérations-éclair contre les miliciens et les collaborateurs, des raids qui s'accentuent à partir de début 1944 et qui viennent sanctionner des massacres d'otages, l'assassinat de résistants. Une épuration extrajudiciaire, expéditive, réalisée par des commandos. Un travail de spécialistes. André n'y participe pas.

Il y a enfin les revers, les missions impossibles. Le sauvetage des déportés du « train fantôme » est un de ces échecs. Le « train fantôme » est le surnom de l'un des derniers convois de déportation à quitter la France pour Dachau. Le train est assemblé à Raynal, une gare de marchandises près de Toulouse, le 1er juillet, et ce sont près de cinq cents prisonniers que la police française a arrêtés qui sont embarqués. Ce sont pour la plupart des républicains espagnols, mais aussi des résistants, de l'Armée secrète ou de la MOI, dont vingt-cinq femmes. La chaleur est étouffante. Sur les wagons à bestiaux était collée l'inscription « Chevaux 8, Hommes 40 ». À la place de 40, on a désormais écrit à la craie 70. Sous la surveillance des SS de l'Oberleutnant Baumgartner, le train reste quarante-huit heures en gare avant de partir pour Bordeaux.

Le calvaire des prisonniers, sans eau ni nourriture, est atroce, le périple du train, insensé : de Toulouse à Bordeaux, puis Libourne, Angoulême, avant de devoir retourner à Bordeaux, face à l'avancée américaine vers la Loire et devant le « plan vert » du maquis de Guingouin, qui a détruit les voies de chemin de fer et libéré le Limousin. Le train repart lentement vers Toulouse, afin d'emprunter la vallée du Rhône, à la suite de la 19e armée allemande. Six semaines après son départ, le 15 août, alors que les Alliés posent pied sur la Côte d'Azur, le train n'est toujours qu'à Nîmes.

À chaque étape ou presque, il y a des morts de faim, des fusillés, on fait monter de nouveaux prisonniers. Parfois, des avions Mosquito britanniques les mitraillent, croyant avoir affaire à un convoi militaire. Des prisonniers tentent d'agiter des tissus blancs par des trous dans les parois, en vain.

Le 18 août, le train s'arrête en Provence, à Châteauneuf-du-Pape. Le pont est coupé et les prisonniers doivent marcher sur les voies plus de cinq heures, sous un soleil de plomb, pieds nus, jusqu'à Sorgues, pour rejoindre un nouveau train, qui va les emmener jusqu'à Pierrelatte, puis Dijon, puis Dachau. Ils marchent et ils chantent, cela peut sembler impensable, *La Marseillaise*. Des dizaines de familles de Sorgues, apprenant cette marche forcée, convergent vers la gare avec de la nourriture et de l'eau. Les Allemands sont débordés, hésitent à tirer sur la foule, et dans la confusion, quelques détenus parviennent à s'évader, coiffés de casquettes de cheminot que les employés leur ont lancées. Le chef de gare craint que les Allemands ne recomptent les prisonniers, et il a l'idée de faire sonner la sirène. S'inquiétant d'une attaque aérienne, les SS font rembarquer les prisonniers sans comptage. Le train repart. Le maquis Morvan n'est pas loin, un commando envisage d'attaquer le train, mais les blindés de la 11e Panzerdivision rendent impossible toute intervention. Il faut renoncer. Malgré les Alliés à ses trousses, le train arrivera pourtant à Dachau.

Parmi les prisonniers de ce train fantôme, il y avait deux jeunes frères de vingt et vingt et un ans, membres des FTP-MOI, Claude et Raymond Lévy. Trente ans plus tard, Raymond a eu deux enfants, Marc et Lorraine, futurs écrivain et cinéaste. J'étais leur ami et c'est à dix-huit ans que j'ai appris un fragment de l'histoire de la bouche de leur père, cet homme à la vie de roman. C'est peut-être pourquoi, malgré l'échec du maquis Morvan, j'ai voulu la raconter, même brièvement. Raymond et Claude Lévy auront pu s'échapper, en se laissant tomber entre les rails, la nuit, par un trou entre les planches, alors que le train roulait. D'autres, moins chanceux, seront broyés par les roues d'acier. Plus de deux cents seront morts pendant le trajet, et la moitié des cinq cents prisonniers parvenus à Dachau n'en reviendront pas.

Personne n'a jamais retrouvé l'Oberleutnant SS Baumgartner.

★

Dans les papiers d'André, il y a un autre tract, un tract FTP qui n'a pas besoin d'une longue glose, mais qui dit beaucoup de ce qui se joue dans ces mois de libération :

« MIEUX VAUT MOURIR DEBOUT QUE VIVRE À GENOUX »

INTER E. F.	FRONT NATIONAL	1er RÉGIMENT
RÉGION E. 3	FORCES FRANÇAISES DE L'INTÉRIEUR	3e BATAILLON
	FRANCS TIREURS PARTISANS FRANÇAIS	

Lettre aux Camarades F.T.P.F.

Camarade, dans quelques jours nous allons descendre dans nos grandes villes, les Troupes françaises de débarquement ayant entrepris la Libération totale de notre Patrie.

Je sais que la plupart d'entre nous, n'ont que le minimum d'Instruction Militaire, et pourtant nous devons montrer aux Amis Français qui reviennent sur le sol Natal, que nous sommes en temps qu'Armée du Peuple, une Armée Organisée et disciplinée. Ce n'est qu'à cette condition que l'Armée des Francs-Tireurs et Partisans Français aura la place que son Esprit combatif et ses sacrifices lui donnent droit, dans la future Armée Française.

Quoiqu'étant toujours les premiers au combat nous devons reconnaître que notre discipline, notre correction envers nos supérieurs laissent beaucoup a désirer.

Nous avons déjà, et à plusieurs reprises, expliqué ce que nous, responsables F.T.P.F., entendions par Discipline. Ce que nous voulons obtenir au sein de notre Armée, n'est pas une discipline bôche, c'est une discipline librement consentie comprise et voulue par chacun de nous. Nous devons savoir et comprendre que sans obéissance au Commandement de nos gradés, notre Armée irait irrémédiablement à la défaite et à la désagrégation.

Vous n'ignorez pas Camarade, que pour une Armée la Discipline est la moitié de la Victoire : **et quelle Victoire sera la notre !!!** Une Victoire à laquelle tout homme est fier d'avoir participé : Victoire de la Liberté sur l'Oppression, Victoire des Peuples sur leurs Tyrans terribles.

De plus, dans les Francs-Tireurs et Partisans Français, nous ne devons pas perdre de vue que nous ne formons pas uniquement les Forces Française de l'Intérieur. D'autres Officiers commandant l'Armée secrète, collaborent chaque jour avec nos Officiers. Ces Officiers n'ont pas la même conception que nous F.T.P. de l'Armée et de la discipline. Ils risquent d'être fâcheusement impressionnés par un manque de correction de votre présentation ou de votre salut. Tout cela, Camarades, contribuera à l'opinion QUE SE FERA DE NOUS le Peuple de France, et ses responsables.

Si donc, nous vous demandons de saluer et de prendre une tenue correcte lorsque vous vous adressez à vos Commissaires ou Responsables, ce n'est pas

« MIEUX VAUT MOURIR DEBOUT QUE VIVRE A GENOUX »

INTER E. F.
RÉGION E.

FRONT NATIONAL
FORCES FRANÇAISES DE L'INTÉRIEUR
FRANCS TIREURS PARTISANS FRANÇAIS

1er RÉGIMENT
3e BATAILLON

Lettre aux Camarades F. T. P. F.

Camarade, dans quelques jours nous allons descendre dans nos grandes villes, les troupes françaises de débarquement ayant entrepris la Libération totale de notre Patrie.

Je sais que la plupart d'entre nous, n'ont que le minimum d'Instruction Militaire, et pourtant nous devons montrer aux Amis Français qui reviennent sur le sol Natal, que nous sommes en temps qu'Armée du Peuple, une Armée organisée et disciplinée. Ce n'est qu'à cette **condition** que l'Armée des Francs-Tireurs et Partisans Français aura la place que son Esprit combatif et ses sacrifices lui donnent droit, dans la future Armée Française.

Quoiqu'étant toujours les premiers au combat nous devons reconnaître que notre discipline, notre correction envers nos supérieurs laissent beaucoup a désirer.

Nous avons déjà, et à plusieurs reprises, expliqué ce que nous, responsables F,T.P.F. entendions par Discipline. Ce que nous voulons obtenir au sein de notre Armée, n'est pas une discipline bôche, c'est une discipline librement consentie comprise et voulue par chacun de nous. Nous devons savoir et comprendre que sans obéissance au Commandement de nos gradés, notre Armée irait irrémédiablement à la défaite et à la désagrégation.

Vous n'ignorez pas Camarade, que pour une Armée la Discipline est la moitié de la Victoire : **et quelle Victoire sera la notre !!!** Une Victoire à laquelle tout homme est fier d'avoir participé : Victoire de la Liberté sur l'Oppression, Victoire des Peuples sur leurs Tyrans terr[illegible].

De plus, dans les Francs-Tireurs et Partisans Français, nous ne devons pas perdre de vue, que nous ne formons pas uniquement les Forces Française de l'Intérieur. D'autres Officiers commandant l'Armée secrète, collaborent chaque jour avec nos Officiers. Ces Officiers n'ont pas la même conception que nous F.T.P. de l'Armée et de la discipline. Ils risquent d'être facheusement impressionnés par un manque de correction de votre présentation ou de votre salut. Tout cela, Camarades, contribuera à l'opinion QUE SE FERA DE NOUS le Peuple de France, et ses responsables.

Si donc, nous vous demandons de saluer et de prendre une tenue correcte lorsque vous vous adressez à vos Commissaires ou Responsables ce n'est pas un geste d'humiliation ou de soumission que vous aurez à faire ; c'est un geste qui de votre part doit être spontané. Vous connaissez vos Chefs, ils ont vécu comme la plus part d'entre vous de long mois dans le Maquis. S'ils ont aujourd'hui une responsabilité, c'est la Confiance que vous leur portiez qui le leur a donné. Nous les aimions alors. Aujourd'hui respectons-les, sans pour cela amoindrir notre esprit de franche Camaraderie. Saluons nos responsables, ils n'oublient pas ce qu'ils étaient il y a quelques mois encore, et en suite nous leur serrerons la main. **Cette main ils ne vous la refuseront pas. Ils ne vous la refuseront, jamais.**

Les Camarades comprendront la nécessité et la signification de ce que nous leur demandons aujourd'hui.

Ils auront à cœur de nous le prouver aussitôt après lecture de ces quelques lignes.

POUR LA FRANCE !
POUR NOTRE IDEAL !
VIVENT LES FRANCS-TIREURS et PARTISANS FRANÇAIS !

Bien fraternellement.

Le Comité Militaire du F.T.P.F. de la Drôme.

un geste d'humiliation ou de soumission que vous aurez à faire ; c'est un geste qui de votre part doit être spontané. Vous connaissez vos Chefs, ils ont vécu comme la plus part d'entre vous de longs mois dans le Maquis. S'ils ont aujourd'hui une responsabilité, c'est la Confiance que vous leur portiez qui le leur a donné. Nous les aimions alors. Aujourd'hui respectons-les, sans pour cela amoindrir notre esprit de franche Camaraderie. Saluons nos responsables, ils n'oublient pas ce qu'ils étaient il y a quelques mois encore, et en suite nous leur serrerons la main. Cette main, ils ne vous la refuseront pas. Ils ne vous la refuseront jamais.

Les Camarades comprendront la nécessité et la signification de ce que nous leur demandons aujourd'hui.

Ils auront à cœur de nous le prouver aussitôt après lecture de ces quelques lignes.

POUR LA FRANCE !

POUR NOTRE IDÉAL !

VIVENT LES FRANCS-TIREURS ET PARTISANS FRANÇAIS !

Bien fraternellement.

Le Comité Militaire du F.T.P.F. de la Drôme.

Le tract m'a révélé la mutation rapide des FTP communistes : après le débarquement allié, ils veulent apparaître comme une force militaire structurée et disciplinée. Il raconte aussi les relations difficiles entre la Résistance intérieure et l'état-major de De Gaulle.

De Gaulle n'a pas compris qu'après l'impéritie au mieux, au pire la trahison des militaires en 1940 et leur ralliement quasi général à Pétain, si la Résistance est derrière lui, ce n'est pas parce qu'il est général, mais bien qu'il le soit. Quant à lui, il a sans nul doute encore moins d'estime pour elle qu'elle n'en a pour lui.

Car de Gaulle est moins républicain que militaire, et en 1944, sa priorité, lorsqu'il débarque en France avec les Forces françaises libres, est de rétablir l'ordre.

Un seul État. Une seule armée. Une seule police.

De Gaulle a conscience que cette Résistance qui a combattu l'État, l'armée et la police vichystes ne se contentera pas d'une simple restauration amnésique, il sait que ces FFI dont les morts fusillés ou tombés au combat se comptent par milliers, et les déportés à Ravensbrück, Buchenwald, Dachau, par dizaines de milliers, ne toléreront pas que leur sacrifice ne soit pas reconnu. Mais il n'entrevoit comme forme de reconnaissance que la fusion en septembre 1944 avec l'armée « régulière » des désormais quatre cent mille membres des FFI. Encore le fait-il à reculons. À des chefs de réseau, ingénieurs, ouvriers, médecins, qui ont risqué leur vie, il demande, et ce n'est pas une naïveté : « Quel est votre grade dans l'armée ? » À Toulouse, assistant au défilé des milliers de maquisards et devant leur chef Serge Ravanel, des FTP-MOI, il se montre méprisant, murmure entre ses dents : « Quelle mascarade... »

Parfois, souvent, on ne peut pas à la fois faire l'Histoire et la comprendre. Et en cet été 1944, tout à la joie de voir la France peu à peu libérée, André ne peut avoir cette vision complexe. Il espère peut-être, après la guerre, intégrer l'armée à un rang mérité. Après tout, si Marseille et Toulon ont été libérés avec un mois d'avance sur les prévisions américaines, c'est grâce aux FFI. Et de Lattre de Tassigny, qui avait débarqué en Provence à la tête de cent trente mille hommes, n'aurait pu remonter aussi vite la vallée du Rhône s'il n'avait vu sa 1re armée se gonfler de l'apport des troupes FFI, au point que ce seront presque quatre cent mille hommes qui remonteront vers Lyon.

Mais André ne verra pas Lyon libéré, ni même Montélimar. Lorsque les deux cents hommes de Morvan défileront dans cette ville le 2 septembre 1944, son maquis aura connu trente-huit morts au combat, quatre hommes fusillés, trois portés disparus et, sur la vingtaine de déportés, la moitié mourra dans les camps. En tout, cinquante-quatre morts, plus d'un maquisard sur cinq.

Tous ont, quelque part, leur nom dans du marbre.

Mourir à vingt ans pour la liberté, mon général, pour une « certaine idée » de la France, ce n'est pas une mascarade.

L'*ELFTE*

Ceux et celles que le fait militaire ennuie devraient sauter ce chapitre. Aux autres, je confesse que j'ai découvert les panzers à l'âge de sept ou huit ans.

Je visitais avec ma classe un musée militaire où l'on reconstituait en miniature certaines des grandes batailles, bien souvent des défaites françaises, d'Azincourt à Waterloo, et c'était donc un musée anglais. J'étais à l'époque élève de primaire à la Wallington Public School For Boys, près de Londres, et j'imagine que mes camarades britanniques et sans pitié se sont moqués du *French frog* dont le pays décidément minable perdait toutes les batailles, lorsqu'il ne capitulait pas.

Chaque victoire anglaise avait droit à sa salle. La pénombre magnifiait l'atmosphère du théâtre d'opérations, reproduit sur un large plateau rectangulaire, peut-être de deux mètres sur trois, éclairé par des suspensions de billard. Les enfants que nous étions avaient le regard à hauteur du terrain : la plaine boueuse d'Azincourt, au milieu de forêts d'arbres en mousse verte, impressionnait, avec ses centaines d'arbalétriers, ses hommes à cheval et ses fantassins. Pour plus de réalisme encore, des haut-parleurs diffusaient les cris des soldats, les sons des cavalcades, les ordres que lançaient les seigneurs de guerre.

On avait représenté aussi deux batailles navales, Trafalgar, bien sûr, mais surtout celle de Plymouth en 1588, où sir Francis Drake porta des coups fatals à l'« Invincible Armada », quand Philippe II d'Espagne avait tenté d'envahir l'Angleterre avec ses galions. La salle était plongée dans une semi-obscurité, la mer était de résine luisante et sombre, et des dizaines de petits bateaux s'affrontaient dans la nuit, d'infimes flashs lumineux jaillissant des canons minuscules, comme dans une marine de Constable ; on entendait le souffle de la tempête, le bruit des salves, les cris des marins. C'était bien.

Mais revenons à nos panzers.

Les efforts pour présenter les mouvements de blindés étaient exceptionnels, au point qu'il est bien possible que le conservateur ou l'un de ses assistants ait vingt-cinq ans plus tôt servi dans cette arme.

Je me souviens que, dans le musée, trois batailles impliquaient des blindés. L'une laissait voir les premiers tanks rudimentaires, d'aspect brutaliste, de 14-18, mais dans cette salle, le modéliste avait surtout pris plaisir à sculpter dans la pâte à modeler les tranchées, avec les guérites et les bunkers, et à figurer un assaut meurtrier dans les barbelés.

C'était moins enthousiasmant que la scène suivante, qui se déroulait dans les dunes du désert saharien, et où, merveille !, certains blindés, détruits, ensablés, dégageaient toutes les dix minutes un mince filet de fumée âcre. Il s'agissait bien entendu de la bataille d'El Alamein, de la victoire des chars Grant de Montgomery sur les jusque-là invincibles Panzer III et IV de l'Afrikakorps de Rommel.

La troisième reconstitution avait pour décor la taïga, la neige et les décombres d'une ville en ruine. C'était évidemment Stalingrad. Aucune troupe britannique n'y était impliquée, mais les responsables du musée avaient sans doute voulu célébrer l'héroïsme de la résistance soviétique et montrer la puissance de leur lourd T-34. Un cartel évoquait là aussi les formidables panzers, les tout nouveaux Tiger que l'hiver russe allait paralyser.

Carburant gelé ou pas, panzer restait un nom formidable, qui claquait comme un coup de canon. Quand j'ai appris qu'il venait du vieux français « pansière », une armure médiévale qui protégeait la panse, Rommel s'est mis à rimer avec Pantagruel et à perdre beaucoup de sa prestance.

Je suis sorti de ce musée fasciné par les blindés. Plusieurs semaines durant, j'ai crayonné des batailles de tanks gris et ocre, d'autant que je l'avoue, un tank avec ses chenilles et son canon sont moins compliqués à dessiner qu'un homme à cheval. Je ne sais pas comment ces monstres mécaniques ont pu autant stimuler mon imagination, mais il est admis que les jeux guerriers, la représentation de la guerre, constituent un exutoire à l'agressivité de l'enfant et peuvent à leur manière exorciser la mort. Mettons. De toute façon, un jour suivant, je rapportai dans un bocal quelques têtards très agités pêchés dans une mare, et c'en fut fini des tanks. Ma carrière potentielle de général ou de marchand d'armes fut brisée dans l'œuf par l'étonnante agitation de larves de grenouille.

Pour un temps, les panzers ont cessé de m'intéresser. Mais adolescent, mon engagement antifasciste m'a conduit à lire beaucoup ; sur le nazisme, sur l'antisémitisme, sur le militarisme allemand. L'irrésistible puissance de la Wehrmacht, l'efficacité du Mal en quelque sorte, renforçait ma répulsion pour le régime, et depuis la *Blitzkrieg*, les panzers l'incarnaient. Ils étaient aussi le symbole, tout d'acier et de feu, de l'impréparation française, de la complicité de l'état-major parfois proche de la trahison, ou de son incompétence que de Gaulle résumait d'une plaisanterie restée célèbre : « Si les généraux sont si cons, c'est qu'on les choisit parmi les colonels. »

Les Français avaient voulu la paix et les Allemands préparé la guerre : les premiers avaient construit une ligne Maginot, les seconds l'avaient contournée, inventant dès l'invasion de la Pologne l'alliance victorieuse entre aviation, artillerie et blindés rapides.

Je me répète, mais tant pis : au coin du chemin des Lièvres, à Grignan, une plaque de marbre dit ceci :

« Le 22 août 1944, au quartier de Pommier, près de Grignan, des blindés allemands prennent en embuscade une colonne de maquisards du maquis "Morvan" qui se rend sur Montélimar et tuent six résistants : Aimé Benoît, André Chaix, Gabriel Deudier, Jean Gentili, Robert Monnier et Jean Barsamian. Paul Martin et Raoul Dydier sont également tués. »

Ces blindés qui ont tué André Chaix et ses compagnons sont ceux de la 11e Panzerdivision. La « onzième », l'*Elfte*, porte aussi le nom de « division fantôme », en allemand *Gespensterdivision*, parce que, rapide, elle saurait surgir là où ses ennemis l'attendent le moins. Son emblème est un fantôme à tête de mort brandissant un glaive, et monté sur des roues. Une sorte de skater nazi et macabre. J'aurai aussi découvert, sans surprise, qu'il est des nostalgiques de la 11e Panzerdivision, qu'un groupe Facebook la glorifie, avec mille *followers*, qu'on peut acheter des mugs, des T-shirts siglés du fantôme.

L'*Elfte* s'est déjà illustrée à l'Est, lors de l'opération « Barbarossa » où Hitler envahit l'URSS sans déclaration de guerre, elle a combattu à Rostov en novembre 1942, puis à Koursk en août 1943. Dans cette bataille, Hitler ordonne que soit lancé contre les Soviétiques tout le potentiel offensif dont l'Allemagne pouvait encore disposer. Ce sera en vain, et ce sera sa perte. Depuis Stalingrad, l'Allemagne n'était plus à l'offensive, après Koursk, elle ne peut plus gagner la guerre.

Chassée d'Ukraine dans l'hiver 1944 par le rouleau compresseur de l'Armée rouge, presque annihilée dans le «chaudron de Tcherkassy», à court d'hommes, et ses blindés en grande part abandonnés ou détruits sur le front, la 11e Panzerdivision a reçu l'ordre de se replier en France, près de Bordeaux. Là, elle a reçu des troupes fraîches : elle est désormais composée d'un contingent hétéroclite de vétérans et de très jeunes gens, adolescents pour certains, issus de la *Hitlerjugend*, ces Jeunesses hitlériennes où tout jeune Allemand est enrôlé depuis 1939, et où l'état-major de la Wehrmacht puise désormais sans réserve. On y trouve également des recrues italiennes, yougoslaves, polonaises, ukrainiennes, des «Mongols» selon le sobriquet nazi, maigre relief des débris des armées des nations de l'Est occupées par l'Axe.

Cette *Elfte* tout entière renouvelée a reçu du matériel, des panzers IV, des blindés sortis des usines slovaques Škoda, des automitrailleuses, et même des chars Tigre flambant neufs fabriqués par Porsche, en prévision d'un débarquement allié sur la Côte d'Azur.

Sur le papier, et au début de la guerre, une Panzerdivision pouvait aligner plus de trois cents chars de combat et quinze mille hommes, presque tous motorisés. Mais le 13 août 1944, devant l'imminence de l'invasion alliée, quand son commandant le général von Wietersheim reçoit l'ordre de quitter Rouffiac pour se diriger vers Nîmes et Arles puis la Drôme, la 11e ne compte plus que vingt-cinq panzers lourds, autant de légers, dix-huit pièces d'artillerie et quatre mille hommes, pas tous dans des engins.

C'est sans doute pourquoi lorsque les Alliés débarquent enfin au matin du 15 août 1944 à Cannes, Nice, ou Saint-Tropez, ils ne subissent que peu de pertes : quatre-vingt-dix morts, contre cent fois plus lors du débarquement en Normandie le 6 juin. Ils n'ont plus grand-chose en face d'eux. L'armée allemande reflue vers le Rhin pour défendre sa frontière. Si Hitler abandonne le sud de la France, c'est aussi que sa machine de guerre manque de carburant.

Mais dans les dernières semaines, la violence redouble contre la Résistance. Ce n'est pas à la 11e qu'est confiée l'attaque contre le maquis du Vercors, le 21 juillet, mais à un bataillon de la 9e Panzer-division venu de Lyon, assisté par des bataillons de « Mongols », des unités de la *Feldgendarmerie* et la 147e Reserve Division. Non, la 11e Panzer a une tâche plus difficile encore : protéger le flanc gauche de la 19e armée qui reflue vers les Ardennes. Car désormais remontent vers Lyon à la fois le 6e corps d'armée américain et l'armée française du général de Lattre. Il lui faut même aller vite, pour ne pas être scindée en deux par la 3e armée de Patton, qui a libéré Orléans et progresse vers l'est, également en direction de Lyon. Mais la 11e Panzer connaîtra ses premiers combats en France avec la Résistance française, dans la Drôme, à partir du 20 août 1944.

On ne fera pas ici le récit de la «bataille de Montélimar», à partir du 24 août, qu'André ne verra pas. On rappellera juste qu'au chemin des Lièvres, à Grignan, le 22 août, une colonne de chars allemands remonte vers le nord, suivie par une automitrailleuse. Roule vers eux un détachement FTP du 3e bataillon Morvan, qui va vers le front. Dans l'un des camions, avec douze autres maquisards, André.

Sur le flanc de son camion, il est écrit à la peinture blanche un mot: «Espoir».

LA MORT D'ANDRÉ

« Les sanglots longs des violons d'automne… Je répète… Les sanglots longs des violons d'automne…

Bercent mon cœur d'une langueur monotone… Je répète… Bercent mon cœur d'une langueur monotone… »

Le poème de Verlaine est altéré, ce n'est pas « de l'automne » et « blessent », mais bien « d'automne » et « bercent » que dit Franck Bauer, le speaker de Radio Londres, ce soir du 5 juin à vingt et une heures quinze. Dans la nuit du 5 au 6 juin 1944, nuit de pleine lune, les flottes britannique et américaine quittent le port de Portsmouth pour la Normandie.

Après la diffusion le 1er juin de la première strophe de « Chanson d'automne », celle de la deuxième est le signal, mais ce n'est qu'un des signaux de l'opération Overlord. Elle ne s'adresse qu'à un seul groupe armé, le réseau de Sologne Ventriloquist, qui va saboter les voies ferroviaires. Ce même soir, la Résistance entendra plus de deux cents messages ciblés, de « Messieurs faites vos jeux» à «Je n'aime pas la blanquette de veau» ou le non moins célèbre «Les carottes sont cuites».

Londres donne l'ordre à tous les maquis de France de déclencher partout la guérilla. Mille voies ferrées sont coupées en quelques jours. Les Alliés veulent mobiliser les armées allemandes sur le front intérieur, les fixer partout où c'est possible, désorganiser les communications. Dans l'Est, un garçon de onze ans, futur mathématicien et membre de l'Oulipo, Pierre Rosenstiehl, participe au jeu nocturne du «va-que-je-t'embrouille», en faisant pivoter les panneaux des carrefours et zigzaguer les colonnes de la Wehrmacht.

Dans la Drôme, les maquis du Vercors, de la Lance, les compagnies de FFI de Nyons lancent des offensives. Mais le débarquement de Méditerranée n'est pas encore à l'ordre du jour. Il n'aura lieu que deux mois plus tard. Ils ne sont pas assez bien équipés pour affronter une armée allemande aguerrie et des divisions panzers. Après quelques offensives meurtrières, ils reçoivent l'ordre de patienter.

Les troupes alliées débarquent enfin le 15 août. Pour deux tiers, ce sont des Marocains, des Algériens, des Sénégalais qui viennent libérer la France, qui est encore la «métropole». L'armée allemande reflue le long du Rhône et le 22, l'enjeu militaire devient Montélimar. André est à Sahune, un village à l'est de Grignan, sous la direction de Marius, où le maquis Morvan compte quarante maquisards. Un autre bataillon se trouve à la Roche-Saint-Secret, non loin de La Paillette, au sud. Les deux groupes Morvan sont mobilisés, André monte dans un camion avec une quinzaine de ses camarades, une voiture le précède, et les deux unités font leur jonction à Pont-au-Jas à Taulignan. Puis, de là, ils roulent vers Montélimar en passant par Grignan. Ce sont désormais deux voitures et deux camions qui empruntent le chemin des Lièvres. C'est un léger détour, mais le pont de la Chalerne est coupé.

Le petit convoi passe l'angle du col du Colombier. Au bout du chemin, à cinquante mètres, une automitrailleuse de la 11e Panzerdivision en arrière-poste les attend.

C'est une Sd.Kfz 250, un de ces blindés légers à six roues dont l'avant évoque un bon gros tracteur et l'arrière un méchant petit tank. Dans la tourelle pivotante, les mitrailleurs se mettent à tirer, et leur puissance de feu dépasse de loin ce que les maquisards peuvent affronter, avec leurs fusils et leurs pistolets. Trois meurent sous les balles, quatre sont grièvement blessés, et le premier camion, touché, s'enflamme. Les rescapés se dispersent, l'automitrailleuse décroche et quitte son lieu d'embuscade pour rejoindre la colonne de chars, qui roule vers Montélimar où se joue la bataille décisive.

André est très gravement touché. Le garçon se traîne, la jambe presque arrachée, jusqu'à Salles-sous-Bois où on le retrouve sous des arbres. De sa chemise, il a tenté de faire un garrot. Il est aussi atteint aux bras, les blessures sont profondes et il perd beaucoup de sang. Le garagiste de Dieulefit, qui passait en camionnette, l'emmène à l'hôpital de Valréas avec d'autres blessés, les recouvrant de branchages pour les cacher. Ses parents ont été avertis, et très vite ils sont là, ils le veillent. Un de ses amis du maquis reste aux côtés de Jean et de Marcelle, qui pleurent.

Sans doute, à André qui gémit sur son lit, on dit que cela va aller, qu'il va s'en sortir. Il est déjà inconscient. Et s'il est conscient, il a peur.

Dans toutes les langues du monde, on dit que l'espoir est le dernier à mourir, que « *die Hoffnung stirbt zuletzt* ».

Au soir du 23 août, André Chaix meurt.

LE NOM SUR LE MUR

Je ne sais pas qui a écrit ANDRÉ CHAIX sur le mur, et aucune des personnes que j'ai pu interroger non plus. Les Chaix vivaient dans leur boulangerie, le relais de poste avait été la maison du maréchal-ferrant, mais jusqu'aux années trente seulement. Un muret de pierre, une grille de fer forgé isolent désormais l'ancien relais de poste de la route, mais ils n'ont pas vingt ans. Ce peut être n'importe qui, n'importe quand.

Le mur fait face à l'école, mais j'imagine mal André lui-même le graver, même enfant. Avant sa mort, Simone, ou plus tôt encore, une petite amoureuse ? Pourquoi pas ? Après, qui ? Simone n'aurait pas voulu souffrir une fois de plus en inscrivant sa douleur sur un mur. Un camarade du maquis, peut-être. Mais pourquoi, puisque avec son nom sur le monument aux morts, son sacrifice serait bientôt à la vue de tous ? Son frère Marcel, dans un geste désespéré de conjuration en cette fin août 1944 ? Je trouve la chose plausible, et je vois Marcel pleurer de rage à chaque lettre gravée. Il enfouira très profond la mort de son frère, si douloureuse qu'il ne parviendra jamais à en parler, pas même à son fils, qu'il baptisera Marc-André.

Mais bien sûr, je ne sais pas.

Ce que je sais, c'est que sans ce nom gravé sur un mur, sans André Chaix comme fil à plomb, je n'aurais su explorer cette époque où la générosité et le courage ont côtoyé comme rarement l'égoïsme et l'abject. Jamais je n'aurais fréquenté d'aussi près des hommes comme Henri Roché, des femmes comme Marguerite Soubeyran, qui avaient en l'homme une immense confiance.

Je ne saurai jamais ce qu'est une maison natale, et je vais m'accommoder de cette ignorance qui, je le sens bien, est le deuil d'un désir impossible de filiation. J'aurai traversé la vie sans ascendance et sans racines. Une sorte d'orphelin volontaire malgré lui, qu'aucune appartenance n'aura protégé de l'évidence de la vanité de tout. J'ai eu mon fils à l'âge qu'aurait eu André Chaix à ma propre naissance. Né en 1924, mort à vingt ans, André se place pour moi à mi-distance entre l'image d'un père et la réalité d'un fils, mais cela n'en fait pas un frère pour autant, et je ne peux l'inclure dans cette famille que je n'ai pas eue. Pourtant, en écrivant ce livre, j'ai pu penser à André Chaix vivant, et non mort.

Ton nom sur le mur, André, je voulais peut-être l'apprivoiser, puisque je ne sais plus le traiter avec indifférence. J'ai voulu que ce ne soit plus tout à fait celui d'un étranger. J'espère ne pas avoir cambriolé ta mémoire, et je remercie tous ceux et toutes celles qui m'ont fait confiance en me racontant un garçon dont ils n'ont souvent qu'entendu parler.

Je n'avais pas l'ambition démesurée de te redonner vie, André. Tu auras à jamais 20 ans, 2 mois et 30 jours et c'est bien ainsi. Je me tenais tout à l'heure encore devant ces lettres gravées dans le crépi grège, et je crois que j'ai voulu donner du sens à mon regard pour pouvoir sourire toujours avec fraternité face à ton nom sur le mur.

Bibliographie sur la Résistance dans la Drôme et à Dieulefit

Amicale du Maquis Morvan, *Maquis et bataillons Morvan*, Imprimerie Lamy, 1987.

Balliot Pierre, *La Drôme dans la guerre*, De Borée, 2012.

Croyet Jérôme et Lavit Stéphane, *La 11. Panzerdivision*, Histoire & Collections, 2022.

Harding Ganz A., *Ghost Division : The 11th "Gespenster" Panzer Division and the German Armored Force in World War II*, Mechanicsburg (États-Unis), Stackpole Books, 2016.

La Picirella J., Collectif Valréas, *Témoignages sur le Vercors*, 14e édition, Imprimerie Rivet, 1991.

Lavit Stéphane et Sniprat Vincent, *La Bataille de Montélimar*, Histoire & Collections, 2020.

Martin Patrick-André, *La Résistance dans le département de la Drôme, 1940-1944*, thèse université Paris IV Sorbonne, 2001.

Pennetier Claude, *Dictionnaire biographique, mouvement ouvrier, mouvement social*, Les Éditions de l'Atelier - Éditions Ouvrières, 2012.

Suchon-Fouquet Sandrine, *Résistance et liberté. Dieulefit, 1940-1944*, Presses universitaires de Grenoble, 2010.

Vallaeys Anne, *Dieulefit, ou Le miracle du silence*, Fayard, 2008.

Crédits

CRÉDITS PHOTOGRAPHIQUES

Les photographies d'André Chaix et de ses proches, qui proviennent des archives de l'Anacr et de la collection personnelle de Christiane Jouve, sont reproduites avec l'aimable autorisation de Béatrice Jouve et Philippe Biolley (Anacr comité Drôme provençale) et de Christiane Jouve.

P. 20 : © Yves Bichet ; p. 28 : © Montjoux-drôme.fr ; p. 66 : www.11emepanzer.fr ; p. 71 : © USHMM, Courtesy collection Michael O'Hara ; p. 93 : © Droits réservés ; p. 102 : © LMPC / Getty-images ; p. 111 : Emmanuel Mounier, Pierre Seghers, Pierre Emmanuel à Dieulefit, 1943, photographiés par Pierre Lachenal © Archives Éditions des Trois Collines / IMEC ; p. 113 : cartespostales.com ; p. 126 : © Stefano Bianchetti / Bridgeman Images ; p. 132 : www.memoire-drome.com ; p. 138 : Amicale du Maquis Morvan, *Maquis et bataillons Morvan*, Imprimerie Lamy, 1987 ; p. 157 : © Bundesarchiv, Bild 1011-722-0416-02 / photographe : Wörner. Les autres photographies ont été prises par l'auteur.

CRÉDITS TEXTES

Remerciements

Philippe Berrard, Yves Bichet, Philippe Biolley, Marc-André Chaix, Magali Guérin-Chazaud (archives de la Drôme), Mark Hancock, Béatrice Jouve, Christiane Jouve, Line Julien, Huguette Julien, Francis Laurent, Pascal Ory, Micheline Peyrol, Catherine Verliac (CNC).

La maison natale 11

André Chaix 19

Simone Reynier, la fiancée 39

Le nazisme, donc 63

De natura humanitatis 81

L'Éden et le paradis 91

André, Jules et Jim 107

André dans le maquis 119

L'*Elfte* 147

La mort d'André 155

Le nom sur le mur 159

Bibliographie sur la Résistance dans la Drôme et à Dieulefit 165

Crédits 167

Remerciements 169

Œuvres d'Hervé Le Tellier (suite)

ELÉCTRICO W, roman, JC Lattès, 2011.

UN FROMAGE SANS DOUTE, Hatier, 2012.

LES CONTES LIQUIDES de Jaime Montestrela, contes, L'Attente, 2013 (Grand Prix de l'humour noir).

DEMANDE AU MUET, dialogues, Nous, 2015.

MOI ET FRANÇOIS MITTERRAND, sotie, JC Lattès, 2016 (prix Botul) ; Folio, 2023.

TOUTES LES FAMILLES HEUREUSES, récit, JC Lattès, 2017; Le Livre de Poche, 2021.

JOCONDE JUSQU'À 100 (ET PLUS SI AFFINITÉS), points de vue, Le Castor Astral, 2019.

LES GENS QUI COMPTENT, dessins d'Étienne Lécroart, Les Venterniers, 2020.

L'ANOMALIE, roman, Gallimard, 2020 (prix Goncourt) ; Folio, 2022.

MON DÎNER AVEC WINSTON, théâtre, Folio théâtre, 2023.

Composition : IGS-CP à L'Isle-d'Espagnac (16)
Achevé d'imprimer par Normandie Roto Impression s.a.s.
à Lonrai, en mai 2024
Dépôt légal : mai 2024
Premier dépôt légal : avril 2024
Numéro d'imprimeur : 2402626

ISBN : 978-2-07-306153-9 / Imprimé en France.

640197